艺术名家与艺术系列

影像的力量：
小洲动态影像计划

胡震　杨帆　主编

中山大学出版社
·广州·

版权所有 翻印必究

图书在版编目（CIP）数据

影像的力量：小洲动态影像计划 / 胡震，杨帆主编 . —广州：中山大学出版社，2022.12
（艺术名家与艺术系列）
ISBN 978-7-306-07548-2

Ⅰ . ①影… Ⅱ . ①胡… ②杨… Ⅲ . ①文艺评论—中国—当代—文集 Ⅳ . ① I206.7-53

中国版本图书馆 CIP 数据核字（2022）第 088791 号

出 版 人：	王天琪
策划编辑：	吕肖剑
责任编辑：	罗雪梅
封面设计：	林绵华
责任校对：	麦晓慧
责任技编：	靳晓虹
出版发行：	中山大学出版社
电　　话：	编辑部 020-84110283，84113349，84111997，84110779，84110776
	发行部 020-84111998，84111981，84111160
地　　址：	广州市新港西路 135 号
邮　　编：	510275 传真：020-84036565
网　　址：	http://www.zsup.com.cn　E-mail:zdcbs@mail.sysu.edu.cn
印 刷 者：	广东虎彩云印刷有限公司
规　　格：	787mm×1092mm　1/16　13 印张　360 千字
版次印次：	2022 年 12 月第 1 版　2022 年 12 月第 1 次印刷
定　　价：	58.00 元

如发现本书因印装质量影响阅读，请与出版社发行部联系调换

代序

胡震 & 杨帆：把空间实践当作一种修行

按语：2017年年初，你我空间联合创始人胡震和杨帆接受深圳自媒体"打边炉"的邀约，就策划的新栏目"空间论"中提出的10个问题做了书面回应。其中，针对空间推出的首个项目"影像的力量：小洲动态影像计划"进行了梳理和总结，胡震和杨帆分享了围绕知识生产与传播而展开的当代影像艺术在地实践及其对空间实验的系统性思考。

打边炉：你们是在什么情况下创办的这个空间？

胡　震：2015年2月，我参与策划了"机构生产：广州青年当代艺术生态考察"大展，主要负责"在小洲：你想/你能干点啥？——2015小洲艺术生态抽样调查报告"单元。在与参展艺术家交流的过程中，我们对艺术家的创作状态以及一些艺术机构先后撤出小洲的情况有了了解，特别是在展览中部分艺术家的作品因为某种原因而被要求涂改或撤出展览时，作为这次展览的策展人和参展艺术家，我和杨帆聊到干脆自己做个空间的事情，我们一拍即合。随着首个项目"小洲动态影像计划"的正式推出，你我空间（U&M SPACE）围绕动态影像生产和传播而展开的当代艺术空间实验概念逐步形成。

在我们的理解中，"空间"的概念应该接近于英国艺术评论家劳伦斯·阿洛维（Lawrence Alloway）所界定的"替代艺术空间"（Alternative Art Space）的内涵及其外延。劳伦斯认为"'替代空间'是游离于商业画廊和正规美术馆机构之外的各种展示艺术家作品空间的通用名词，它包括作为展示空间的艺术家工作室（艺术家的空间）和用于艺术家个人或集体在地创作的各类临时性的建筑空间（独立艺术空间），艺术家可以利用这些空间做一次性的展览，也可以开办画廊，长期经营"。

所以，无论是替代性艺术空间还是独立艺术空间抑或艺术家的空间，它们都有以下几个共同特征：（1）是有别于商业画廊空间和美术馆"白盒子"空间的独立存在，其特点在于空间形态的多样性、临时性和在地性。所有能够激发艺术家创造激情的空间，包括艺术家自己的工作室和各种在常人看来"脏、乱、差"的地方都可以成为艺术的试验场。用今天的观点来看，空间无处不在。（2）展览与空间所能提供的环境密不可分，有时环境本身就是展览不可分割的组成部分。我们与其说环境会给艺术家的创作带来诸多限制和不便，不如说正是通过挑战、利用甚至是超越环境的限制才使艺术家的创作实验具有不可复制的独特性。（3）是艺术家个体或群组（当然也包括批评家、策展人或空间创办人）自我创造意识的本能驱动，正是这种本能才使空间无论在理念上还是实际操作层面上都深深地烙下艺术家的个人印记，也为空间或短命夭折或重回艺术系统的终极归宿埋下伏笔。

杨　帆：对，你我空间就是你我"一拍即合"做出来的。我们做你我空间就是想突破束缚，按照你我共同的想法做事情。因为我刚好就住在小洲村，而小洲村作为历史文化保护区和生态示范村，已然吸引了不少艺术家和文艺闲散人员在此聚集。然而，号称最具岭南水乡特色的小洲"艺术村"依然经历了转型的阵痛。在进退失据的大拆大建和无所适从的来回折腾中，小洲村展现出一幅新旧杂陈、时空错乱却又波澜壮阔的"今古奇观"画卷。于是，我们就断然决定开辟小洲你我"根据地",并在当地一些资深老同志张盾、吴微微、吴明良的接应与支援下,占领了小洲人民礼堂这一据点,开始"全心全意为革命种田"(礼堂内标语)。

打边炉:能否介绍一下空间的物理现状?

胡 震:小洲人民礼堂是小洲村的一座地标性老式建筑,里面现存的标语口号具有明显的时代特征。一般来说,它并非既有观念中做展览的合适空间,但正因如此,我们才觉得更有挑战性,也更有可能以替代空间的思维方式做些有意思的当代艺术项目的空间实验和探索。实际上,"小洲动态影像计划""移动剧场TTc项目",以及由此延伸出来的一系列在地创作和在场讲座活动都是针对这一特定空间策划并实施的。

杨 帆:的确,小洲人民礼堂作为一个文物保护单位和旅游点,其固有的建筑格局与历史沿革,都与已有明确功能定位的"高大上"美术馆和画廊明显不同。它一方面给作品的展示笼罩了一层特殊的历史语境——观众进来首先想到的是毛泽东;另一方面也给作品的独立呈现带来了某种制约与挑战,就像我们常说的"搞不好就会被它吃掉",而我们看中的正是它的这一异质和扩延的空间情境。也正因为如此,我们才最终决定充分调动礼堂以往"开大会""做报告""放电影""看演出"的原始功能,选用影像这一兼具当代性和公众性的艺术介质,以一种近乎新"电影下乡"的方式进入礼堂空间,以期最大限度地发挥影像艺术的传播效应。

打边炉:你们更热衷于与怎样的艺术家建立合作关系?

胡 震:近半年来,我们一直在翻译布鲁斯·瑙曼(Bruce Nauman)的对话集,书中大篇幅的对话让我很受启发,特别是瑙曼对生活、艺术以及人性的深刻理解,不仅让他的作品随着时间的流逝愈发凸显出智慧的光芒,同时也让我看到,真正经得起时间考验的艺术家恰恰是那些懂得如何以艺术之眼观照日常,发现并发掘平凡生活中的不平凡之所在的人。艺术与生活的关系是艺术家必须面对的永恒的话题,能够真诚地面对生活,同时又能在日常生活与艺术进行智慧交流且有效转换的艺术家,我想应该就是我心存敬佩且乐于花费大量时间与之沟通交流,并在彼此认同的基础上建立合作关系的艺术家。说到底,艺术的终极目的还是要让生活本身变得趣味盎然。正是在这个意义上,我理解的艺术家在一定程度上应该是像风采特异、风流潇洒的魏晋士人一样的"人生艺术家"。我觉得,只要用心去发现,在这个世界上,这样的艺术家其实不少。

杨 帆:对我来说,我喜欢跟有趣的人在一起,大家一起抽抽烟、喝喝酒、开开玩笑。我对那些不拘谨或者很拘谨,但又有自己的立场和格调的艺术家有兴趣。我喜欢杜尚那样"滑头"的艺术家,也喜欢塞尚那样"一根筋"的艺术家,我对布鲁斯·瑙曼那样既"滑头"又"一根筋"的艺术家很佩服,而我对那些只顾耕耘不问收获的艺术家心有戚戚。

打边炉:你们建立的展览线索是怎样的?

胡 震:2015年以来,我们推出了为期一年的"小洲动态影像计划"和长达数月的"小洲在地创作计划之TTc/移动剧场"项目,前者着重根据空间的实际情况,从我们(艺术家和策展人)的角度因地制宜地将当代艺术中的诸多问题,借"动态影像"这一目前看来最贴近普通大众,同时最具实验意义的媒介来进行梳理,并在一年365天面对公众的传播中反思当代艺术与社会大众、当代艺术与现实生活的复杂关系,以及艺术融入生活的诸多可能性。具体来说,我们有意识地将国内外影像艺术家的作品分别以不同的主题和策展理念,包括具体的作品呈现方式重新组合,在不同的空间形态中传播,以期在不同层面上与当下社会和艺术生态形成平等的自由对话。其中意大利籍美国录像艺术家卡洛·费拉里斯的个展"左撇子也是好人"和梳理武汉地区影像艺术创作的历史发展脉络、展示武汉地区影像艺术家的创作方式及其语言表达的群展"影观武汉",可以说在一定程度上较好地体现了我们展览运作的基本理念。而"TTc/移动剧场"在地创作项目则把关注的焦点放在多位艺术家面对同一艺术问题时以各自不同的方式解决难题的艺术创作和思维过程上,由此延伸出一系列围绕空间创作和传播而展开的专题讲座、影像工作坊以及与当代艺术教学相关联的策展实践和在地创作活动。

杨　帆:"小洲动态影像计划"实施一年来,我们共展映了91位国内外艺术家的168部影像作品,购票(2元)入场观影的观众共计12654人次,平均每天约40人次;而"移动剧场TTc项目",我们则邀请了14位本土艺术家在空间现场进行了10次"艺术加载",以全开放的展示形式,让当地居民和往来游客零距离与当代艺术不期而遇,其中一些"加载"甚至延伸到展场之外。接下来,我们会结合本地的实际情况和某些具体问题,做一些更有针对性的影像展映和在地创作,也会尝试把创作、展示、研究和教学打包一起做。我们会努力让我们的艺术项目"接地气",但也不甘于被这里的"地气"完全淹没。陌生、异样、震惊与看不懂有时也应该成为某种标配的观看元素。正如布鲁斯·瑙曼所说,你和艺术之间的距离,就是艺术让你我保持的距离,而诱使你接近又不让你太贴近的紧张关系,正是艺术得以发挥其效能的关键所在。

打边炉: 在珠三角,你们的空间实践的核心价值是什么?

胡　震: 自巴塞尔艺术博览会在香港落地以来,珠三角的艺术生态近一两年发生了很大的变化,具体表现在各种类型的美术馆、画廊和其他替代空间相继出现,由此形成的局面是,一方面使过去一直以来相对沉闷的空间创作的形式更加多样化,另一方面也使空间的价值更趋多元化。你我空间致力于打造一个当代艺术社会实践的平台,一个传播当代艺术思想理念的基地,一个连通你我的当代艺术实验空间。具体而言,就是把空间实践当作一种修行,尽可能做好空间艺术项目与在地居民及不同受众之间的互动,让当代艺术平等自由的理念及其创造意识在尽可能的范围内真正影响到你我的日常生活。

杨　帆: 实际上,我们对如何打造一个固态的实体空间兴趣不大,我们对营造一个动态的虚拟空间兴趣比较大,我们更看重一种能动"场域"的双向激活。事实上,小洲村这一城乡二元结构中的模糊地带以及小洲人民礼堂这一自带集散功能的半公共场所,为我们开展一种另类实验带来了可能,即在无力改变其现实处境也无法改变其物理现状的态势下,因势利导,以一种"随风潜入夜,润物细无声"的蛰伏方式,把当代艺术的核心理念糅入当地的日常生活中;同时通过对这一特定场域能量的再吸收,激活我们自身的创作潜能,并反哺当地。所以,与其说我们的空间实践是一种硬性的空间介入,还不如说是一种柔性的场域渗透。如果通过我们的双向激活,能够把艺术原本就具有的那些核心价值激发出来,作用于当下,作用于当地,并作用于我们自身,我们就很满足了。

打边炉: 投入和回报的平衡,在你们的实践中是一个难题吗?

胡　震: 目前看来我们似乎还没有遇到投入和回报不平衡的问题,所以也不觉得这是个难题。俗话说得好,"种瓜得瓜,种豆得豆"。从一开始你就知道你做的是替代空间,就是吃力不一定讨好、付出不一定有回报的自娱自乐的事情,所以难也是自找的。不是还有助人者自助一说嘛,何况艺术带来的乐趣和满足还真不是三言两语说得清楚的。

杨　帆: 当无法保持平衡或平衡成为一个难题时,我们就不去做它或换个方式去做。如果艺术能在任何条件下发生，那么我们就能在任何条件下做一些事。我们只做我们有条件有能力又乐意做的事，那么在物质或精神层面大体总能找到一种平衡。

打边炉：作为一个机构，你们怎样看待"公司化"的问题？
胡　震：我们没有公司，所以"公司化"的问题还有时间可以慢慢斟酌。
杨　帆：我们现在的运作状态甚至都算不上一个"机构"，我们没有执照，没有固定的"员工"和"办公室"，更不用"上班"，谈"公司化"问题似乎为时尚早。如果你我空间公司化了，那就是另一种意义上的"你我空间"，这样是更好还是更坏，现在很难评说。但至少从目前的情况看，"非公司化"反而纯粹一点，"去公司化"更能进退自如。用艺术的方式经营一个艺术空间来自娱自乐，本来就是独立艺术空间该有的样子。对此，我们彼此心照不宣。

打边炉：怎么看待艺术的在地性？
胡　震："在地性"在今天看来是个挺时髦的概念，许多当代艺术家或艺术空间都乐于以一种"上山下乡"的方式介入相对贫穷落后的边缘地区或城市真空地带进行生活体验，进而发现问题并以艺术的方式提出有针对性的解决方案。比如，近年来颇受关注的"碧山计划""许村计划""石节子村艺术实践计划"等，我对诸如此类的在地艺术计划的实践者们一直心存敬畏，但毕竟每个人所面对的具体条件和环境不同。因此，我们与其一窝蜂地无视个人在地生存境遇，在短时间内以艺术的名义介入自己并不真正了解的乡村生活或底层经验，不如脚踏实地地体验当下，让生活本身成为诱发你艺术灵感的来源，从而使"在地性"成为你生活中不可分割的重要组成部分。你我空间落地小洲村，表面看来，与上面提到的各种"计划"并无二致，但实际上，我们所理解的"在地性"更强调对艺术家作品和作品形成过程中的在地体验，以此区别于当代艺术展览系统中对艺术家作品的去语境化的重新释读；尽量避免居高临下式的社会介入，在精神层面更倾向于晏阳初式的"欲化民，必先为民"的理念，以及毛晨雨式的肉身实践和生存体验（"稻电影农场"计划）。

杨　帆：我认为艺术的"在地性"无处不在，你无法找到一个"不在地"的艺术。只要你在一个地方生活与工作，就总会有某种在地性。而当代艺术有趣的地方就在于它几乎可以在任何时间、任何地点以任何形式发生，我们需要做的可能就是去找到你所在地的那个艺术的生发点，然后让艺术的发生和它生发的地方发生一种更为有机的互文/共生关系，从而使你的艺术具有一种在地的品质。在地性就在你在的地方，就是你的"所在"，你并不需要到某个看似更有在地性的地方去寻找你的"所在"。刻意为自己的艺术去寻找一种在地性，就如同我们畅游几趟黄山就自以为找回了古人气韵之所在那样，其结果往往令人难以信服。

从这个意义上讲，我将你我空间的实践同时视为我之"所在"的一种形式，也是一种个人创作的在地延伸，它们相互激发，互为因果。因此，它的成功与失败及其结果之不可预知都成为作品的一部分，而我享受这一制作过程。

打边炉：出版在你们的工作当中处于什么位置？
胡　震：我是学艺术史的，这些年来也先后做过几本当代艺术杂志，所以自空间创建以来，一直很重视各种资料的收集和整理，并计划在近一两年内陆续出版一些书。与互联网上碎片化信息的即时传播不同，纸质出版的意义，就我个人而言，在于有相对充裕的时间去对一个展览或项目提出的问题进行系统梳理，这个过程实际上是进一步反思问题、重新学习、步步深入的过程。从历史研究的高度来看，我们常常会为了找到有用的证据而埋首于故纸堆中，为此耗费大量时间，还会因为文献资料的真伪问题而无所适从，莫衷一是。每当此时甚至还会抱怨古人的粗心大意。如果有条件做做文献记录和出版该多好！先不说做好出版工作是否重要，但至少对得起自己的付出，对得起与你心有灵犀的艺术家吧。

杨　帆：通过出版把转瞬即逝的当代艺术碎片集结成一种可供反复把玩的纸质形式，在当今这个网络自媒体刷屏时代依然重要，我们会把出版当艺术来做。感谢所有参与者，他们提供素材，亲自参与，使得艺术展出和图书出版成为可能。

打边炉：十年后，你们的空间会是怎样的？

胡　震：套用托马斯·布朗的话来说就是，你无法延长生命的长度，却可以把握它的宽度。替代空间的宿命决定了对其未来进行预测的荒谬性，何况眼前能做的事情太多，所以我觉得还是毛主席说得好："多少事，从来急；天地转，光阴迫。一万年太久，只争朝夕。"

杨　帆：很难预测十年后，就像十年前难以预测现在一样，所以我们能做的就是把眼前能做的事做好，或许以更大的不确定去应对这个不确定的时代，将是一个很不错的选择。

（该访谈2017年3月22日首发于"打边炉ARTDBL"微信公众号）

目录

小洲村与小洲动态影像计划 2

第一回：彼岸 6
    朱婷婷访谈：边走、边发生，边发生、边思考 8
    邓大非访谈：在不变的现实中寻找自己的角度 11
  关于《我要见马英九》 13

第二回：行为与影像共生 14
    何利校访谈：超越身体的物性表达 21
  讲座 1. 转间即逝的在场——从玛丽娜·阿布拉莫维奇反观西方行为艺术发展 23
  讲座 2. "指印"及其行为使我涉足影像表达——未来影像作品需要多重方法的渗透与叠加 ... 24
  讲座 3. 实验艺术如何实验 25

第三回：女性视角 26
  特别加映：女性视角·对话 36

第四回：胡介鸣、胡为一 37

第五回：回返珠三角——专题影像展映 42

第六回：新制图学——数字人文与现实 47
  一个长镜头中的批判现实主义：菲佣题材短片 Tala 53
  特别加映：归家之路 55
  讲座 4. 新制图学：数字人文与现实 57
  讲座 5. 回应性机构：独立艺术空间的角色 58
  【雅昌观察】小洲动态影像计划："城中村艺术"蛰伏的力量？ 60

第七回：韩国艺术家电影与录像 64
  讲座 6. 隐藏的文本：亚洲实验电影与录像 67
  李幸俊影像艺术工作坊：看不见的房间 68
  李幸俊分享会：我的当代影像实验 68

第八回：冲积——长江三角洲实验影像新作展 69
  特别放映：景观的符号政治——居依·德波电影观摩及研讨会 73
  讲座 7. 朱其：景观的符号政治 76

第九回：并非线索——来自北京电影学院的影像实验 85
"并非线索"的线索：与学院派艺术家谈当代影像实验 92

第十回：北京独立影像展（2012—2015）获奖实验影片展映 95

第十一回：左撇子也是好人——卡洛·费拉里斯录像作品展 101

第十二回：影观武汉——武汉影像艺术家群展 108
策展人语（一） 110
策展人语（二） 111
李巨川：行为、录像与电影的综合实验 113
    李巨川访谈：我喜欢这个没有中心的城市 115
李珞：亦实亦影——以电影反观现实 120
    李珞访谈：以电影反观现实 122
李文：另类人群的生活记录 126
    李文访谈：地域与兴趣对创作的影响 127
李郁+刘波：身临其"镜"——新闻影像中的在场性 130
    李郁+刘波访谈：新的作品就是转变 132
袁晓舫：从架上绘画到影像 137
    袁晓舫访谈：现在的很多娱乐让人们变得愚蠢而不是有趣 139
武汉青年艺术家群展——武汉·城市 143
    简小敏访谈：城市之外还有世界 146
    魏源访谈：用影像引发新的现场 147
    周罡访谈：用影像记录"公共记忆" 149
    祝虹访谈：我希望它是一部无法控制而略带神秘并让我期待和满足的录像 151
    张彦峰访谈：摄像机有时候是可以当枪使的 153
武汉青年艺术家群展——现代化的呐喊 156
    蔡凯访谈：任何作品都会有专属的空间作为存在的前提 160
    CTPP/蔡鹏+陶陶访谈：创作是社会现实的某种"景观投射" 161
    刘凡访谈：用艺术的方式来呈现女性自我意识的觉醒 163
    刘纹羊访谈：我只是喜欢有趣且"暧昧"的空间 166
    梅健访谈：不希望这种呐喊以后发生在他们身上 167
武汉青年艺术家群展——关系·联系 169
    路昌步访谈：动态影像是一种呈现过程的媒介 172
    炭叹访谈：艺术需要"介入"和"干扰" 174
    王晓新访谈：身体是起点也是终点 176
武汉青年艺术家群展——光·影 179
    汤孟元访谈：媒介和形式不应成为创作的限制 181
    王静伟访谈：影像，我倾向于做"减法" 182
【雅昌快讯】武汉影像艺术的经验——"影观武汉：武汉影像艺术家群展"在武汉K11

艺术村开幕 ·· 183

尾声：影观武汉 @ K11 艺术村·武汉 ·· 185

附录 1：观众留言簿 / 摘录 ··· 188

附录 2：小洲动态影像计划数据统计（2015/06/20—2016/06/25） ············ 190

附录 3：致谢 ·· 192

THE POWER OF IMAGE
影像的力量
小洲动态影像计划
The Project of Moving Image in Xiaozhou Village

2015/06—2016/06

广州市海珠区小洲村人民礼堂
The People's Hall of Xiaozhou Village, Guangzhou

联合策展 Co-Curators:
胡 震 James Hu   杨 帆 Fan Yang

项目执行 Program Executives:
肖 尧 York Xiao
尚季惟 Vivian Shang   陈妍言 Yvonne Chen
陈 萌 Nicole Chen   张豫婷 Mint Zhang
简翩翩 Jacinda Jian   周艳竹 Yanzhu Zhou

主办方 Organizer: 你我空间 U&M SPACE

特别鸣谢 Special Thanks: 媒体支持 Media Support:

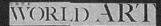

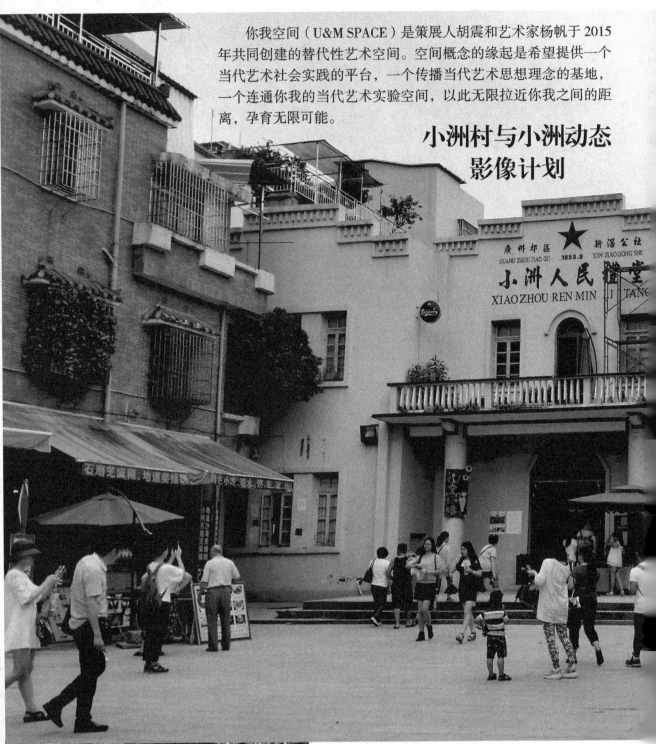

你我空间（U&M SPACE）是策展人胡震和艺术家杨帆于2015年共同创建的替代性艺术空间。空间概念的缘起是希望提供一个当代艺术社会实践的平台，一个传播当代艺术思想理念的基地，一个连通你我的当代艺术实验空间，以此无限拉近你我之间的距离，孕育无限可能。

小洲村与小洲动态影像计划

小洲村始建于元末明初，是目前广州城区内发现的最具岭南水乡特色的古村寨。小洲村被称为广州"南肺"，已被列为广州市首批14个历史文化保护区之一，并被评为广东省生态示范村。小洲村位于广州市海珠区东南端，是经过珠江几千年的冲积而形成的，面积达6013.8亩（约4平方千米），境内河涌长达10千米。村民世代以种果为生，果树成片。（摘自小洲村导览牌，有改动）

小洲动态影像计划是一个跨年度的艺术实验项目。该计划邀请国内外以影像为媒介进行创作的艺术家，根据不同的主题，甄选作品进行分回展映；通过展示新的策展理念，特别是策展人与艺术家之间的换位思考，探索当代艺术，特别是影像艺术在乡村公共空间乃至社会更广范围内有效传播的方法与途径，以消弭当代艺术与社会大众之间的隔膜，在日复一日的坚守中显现当代艺术对日常生活的渗透以及由此带来的影响和改变。

2015年6月20日
影像的力量：小洲动态影像计划（2015—2016）
在小洲人民礼堂·你我空间启动

　　小洲人民礼堂位于广州市海珠区华洲街小洲村拱北大街20号。建于1959年，是全村人用一砖一瓦建设起来的。礼堂宽22.5米，长52.6米，高两层。前有三级台阶上地坪。土黄色的外墙，正墙明间二层正中灰塑五角星，并有"广州郊区新滘公社小洲人民礼堂"字样。礼堂中间横挂"高举毛泽东思想伟大红旗奋勇前进"标语。礼堂外立面保持了苏联时期公共建筑的特色，内面则是典型的中国南方砖木架构。该礼堂是海珠区为数不多的苏式礼堂，见证了小洲村工业发展历史。2011年10月，礼堂被列为海珠区文物保护单位。现保存完好，产权属集体所有。（礼堂外碑文，有改动）

右/胡震：你我空间联合创办人、策展人，执教于广州美术学院

左/杨帆：你我空间联合创办人、艺术家，执教于广州美术学院

你我空间 Logo

胡震、杨帆与你我空间项目执行人肖尧（右2）、尚季惟（左1）、陈妍言（左2）、李艳竹（左3）在"小洲动态影像计划"启动首日合影

你我空间项目执行人赖周易、陈彦伶、李思韵、陈磊、李学而（从左往右）在小洲人民礼堂入口处

小洲动态影像计划
展览现场@小洲人民礼堂

第一回：彼岸

艺术家：朱婷婷
　　　　乌托邦小组 / 邓大非、何　海
联合策展：胡　震、杨　帆
主办：你我空间
展期：2015/06/20——07/05
地点：小洲人民礼堂

前言

　　佛说彼岸，无生无死，无苦无悲，无欲无求。近日，获得深圳圈子艺术青年奖的朱婷婷和乌托邦小组（邓大非、何海）的作品体现出艺术家对于彼岸世界的思考。

　　朱婷婷带着最为单纯直接的目的——毕业创作，孤身前往台湾，开始了"我要见马英九"的整个旅程。通过作品，我们可以了解到来自台湾不同阶层、年龄、经历的市民的心声和回应，从而产生一些思考。

　　关于乌托邦小组，他们意志自由，以最无厘头、最粗野的方式，表达了对自由追求的无所畏惧。一个"不靠谱"的电影节，让人们尽情地表达对自由的向往，并将其延伸。

　　然而"彼岸"始终是一个难以定义的概念，正如此次展览的系列影像作品一样，我们只是想通过这个载体理性地去探寻、去搜索它的痕迹。而艺术往往就在这种理想与情怀、现实与矛盾的充斥、碰撞中摩擦并迸发。如乌托邦小组成员何海所言，"艺术是关于自由的精神训练"，那么，我们可以一起修度，一同前往……

朱婷婷

1991年生于湖南张家界，2013年毕业于天津美术学院摄影艺术专业，2015年作品《我要见马英九》获"圈子艺术青年奖"二等奖。现在北京工作、生活。

作品简介：

"对于台湾，我唯一能叫出名字的人物也只有马英九先生，于是我决定再去一次台湾，而这一次我要见马英九，通过去见他的这个过程去寻找答案。"

乌托邦小组

由邓大非与何海于2008年共同发起。

邓大非

2005年研究生毕业于中国美术学院综合艺术系，现为自由艺术家。

何 海

2011年博士毕业于法国斯特拉斯堡第二大学艺术学院视觉艺术系，现执教于浙江理工大学艺术与设计学院。

作品简介：

乌托邦小组的策展类作品刻意模仿平壤国际电影节。作品分为3个部分：①乌托邦小组自己拍摄的10个视频，以及自制的木刻海报10幅，自制的铸铜奖杯、奖状和一部朝鲜电影节宣传片。②网络征集世界范围内网友的视频。③作为一场行为表演的颁奖典礼。

朱婷婷访谈：边走、边发生，边发生、边思考

采访人：U&M/ 张豫婷

朱婷婷给我的第一印象是人非常好，没有"艺术家"的距离感。当谈到《我要见马英九》这个获得过平遥国际摄影奖项的作品时，她总会强调"创作过程很好玩、很有趣"，没有丝毫疲惫的感觉，一副完全投入的样子。她通过采访台湾民众、写信给马英九、"睡"标志性建筑等几个行为，向我们揭示了台湾不被我们熟知的或者说是被我们忽视的一面。她一边前进，一边完善作品，一边深入思考，从而获得了自己想要了解的"真相"。正如她所想要表达的，没有什么比亲眼见证、亲身体验更能说服自己的。

U&M：为什么会选择台湾作为你毕业作品发生的场所？《我要见马英九》的灵感来源或者创作初衷是什么？

朱婷婷：一直以来台湾在我的心里都是一个遥远却又令我遐想的地域名词，我很喜欢台湾，但对于台湾的喜爱仅限于电影之中。2013 年年初，一次为期 15 天的环岛旅行，让我发现台湾与我之前想的不一样。回来之后我就在想，只是一条宽 2000 多米的台湾海峡隔着我们，到底是什么使台湾变成现在这个样子？我开始想要去了解台湾。我在网络上查了很多关于台湾的资料，可是网络上的资讯很有限，我得不到自己想要的答案。而对于台湾我唯一能叫出名字的人物也只有马英九先生。于是我决定再去一次台湾，而这次我要见马英九。

U&M：所有工作都是你一个人完成的吗？你大概花了多长时间来完成这个作品？

朱婷婷：整个过程都是我一个人筹划完成的，自第一次从台湾回来后我对整个计划想了半个月，然后第二次去台湾实行这个计划花了 16 天（自由行最多能待 16 天 15 夜）。

U&M：原始录像大概有多长？剪辑的时候有没有遇到一些难以舍去的部分？

朱婷婷：原始录像 21′ 49″，最后有 2 分多钟被剪掉了，没有那部分也挺好，有时候不用说得太明白，只有台湾部分反而大家能自然而然地去思考、去对比。在剪辑的时候我的思路都很清晰，所以对于取舍部分其实还好。

U&M：在影片中你采访了一批台湾民众，这些民众是如何选择的？有什么要求吗？

朱婷婷：这些民众都是我随机采访的，没有任何选择标准，我很享受与他们聊天的过程，他们会跟我聊很多。但是在剪辑时我进行了一些挑选，在各个年龄段中挑选了几个回答得比较有意思的人放在最后的片子里。

U&M：在与台湾民众的互动接触中，你最大的感受是什么？

朱婷婷：友善、真诚、信任。面对陌生的镜头，他们特别真诚地说出他们内心所想的，对我也特别信任，彼此之间充满了信任和友善。

U&M：当你"睡"在各个标志性建筑前，几乎没什么人来阻止你，你觉得是什么原因？还是从某种程度上来说民众根本不关心这样的事情？

朱婷婷：在台湾，蓝营和绿营是最大的两个阵营，我创作的这个主题所选择的对象对于绿

营的人来说是很敏感的，我遇到不少比较激进的绿营朋友，他们对我要去见马英九表示很不可思议。他们总是告诉我，在台湾，只要你不做出格的事情，都是可以的。采访多次之后我觉得，不能一味地相信他们所说的，所以才有了之后的一些行为。我在我力所能及的限度缩小了一下范围，选择用"睡"这个最简单、最直接也不会妨碍任何人的方式去体验台湾。其实睡在那里的那段时间发生了很多有意思的事情，比如第一次在自由广场睡了5分多钟，我叫一个朋友帮我看身后的相机，结束行为后，她告诉我有两位路人过去问她我是否生病了，是否需要他们的帮助。

U&M：当你发传单、贴海报邀请大家加入"睡"这个活动时，有没有遇到一些好玩的事情？他们对于这种行为的看法是什么？

朱婷婷：好玩的事情非常多，比如我一开始其实挺害怕的，还跑去自由广场所属的警察局找了一位警察，很直白地问他："我想要去自由广场睡10分钟，你们会不会来抓我？"他很惊讶，但是并没有阻拦我，只是说只要不做危险的事情就可以。我之后又问如果我召集很多人一起躺呢？他很耐心地跟我说只要不拉白条幅之类的都行，因为人数达到一定数量，举了条幅就算是游行，要去申请才可以。之后我和这位警察先生成了好朋友，他还开车载我去了一些地方帮我发传单。而接到我传单的朋友都表示很支持我的行动，觉得很有意思，他们也会跟我谈很多关于台湾的一些看法，让我了解到他们的真实想法。

U&M：有多少人答应加入？从你的微博记录可以看到，当天似乎没有人来。你有预想过这种情况吗？会不会很失落？

朱婷婷：在我发传单的过程中有很多人说愿意来，具体我也没算，Facebook上响应的人也挺多，大概200多人。在活动那天确实是下了很大的雨，我事先也有预料到可能来的人很少，不怎么敢往下想，一心祈求天气变好。我分析了原因，第一，自己的宣传力度不够，仅靠自己一个人在三四天时间把消息传出去困难有点大；第二，大部分想来参加行动的人都在前一天参加了其他游行，通宵未眠……失落多少会有一些，但是当我躺完最后那10分钟后就释然了。

U&M：你的作品看起来并不仅仅是一部影像作品，你"睡"在各个标志性建筑前时更像是一种行为，同时你还通过微博进行了直播，那么你觉得这三种（影像、行为、社交网络）表达方式有什么差异？这三种方式分别从哪些方面帮助你更好地完成你的作品？

朱婷婷：其实一开始我的计划并没有这么完整，都是在台湾的时候一步一步完善的。最初我的计划只是去送信，表明想见马英九先生的意愿，因为我本身就比较喜欢玩微博，它是一个非常好的自媒体，所以从有这个想法开始便申请了一个账号，想通过微博的传播让更多的人帮助我，见到马英九的概率也许会更大一些，而且它也能帮我记录整个台湾之旅的所有故事。第二就用"睡"的方式，身体力行地去感受台湾，同时通过和身边的人聊天去了解这个地方。最后从台湾回来后整理出这么一个片子。以视频记录为主，微博和行为为辅，缺一不可。

U&M：现在，越来越多的行为艺术家通过影像来记录和表达自己的想法，也有越来越多影像艺术家在作品中加入一些行为艺术的成分，你对于这两种艺术形式的结合有什么看法？关于影像艺术的日后发展，你有什么预见？

朱婷婷：我觉得一切能服务于你的作品的行为都是可以允许的，但是现在也不乏看到很多不真诚的"表演"，为了行为而行为。我觉得从静态的图片发展到一个动静结合的影像艺术是一个趋势，观者更能从中感受到作者的意图。

U&M：听说最后作品出来的时候你还寄了录像给马英九，那么有收到他的回应吗？

朱婷婷：对，我把视频整理出来后寄给了我台湾的朋友，然后让他帮我转寄给马英九，不过到现在都没有收到回复。

U&M：你说你想知道台湾文明背后的支撑点到底是什么，通过毕业创作的经历，你得到答案了吗？

朱婷婷：台湾之行结束了，可是我对这个问题的思考在继续。从台湾回来后生活照常进行。经过这次的体验后，我发现台湾民众对这个问题都有自己的定位。

U&M：你有开始构思下一个作品吗？如果有，可以透漏一下是关于哪一方面的吗？

朱婷婷：从毕业后我一个人来到北京，花了快一年的时间制作了一个纪录片，比较浮躁，做出来的东西不怎么满意，觉得自身还是欠缺很多东西。后来通过老师的介绍，现在在给徐冰老师做助理，沉下心来多学习。至于下一个作品，暂时还没有。

邓大非访谈：在不变的现实中寻找自己的角度

采访人：U&M/ 陈　萌

2008年，艺术家邓大非与何海发起并组成乌托邦小组，以合作的形式实施系列艺术项目。从跨越一年的《家庭美术馆计划》到在英国实施的驻地项目《理雅阁的记忆之宫》，以及以艺术教育为主题的798艺术节，乌托邦小组的创作立足于对自身生活境遇的反映，从人类普遍存在的理想高度反观现实，现实的困境与问题成为艺术创作的起点，通过艺术创新，提供带有想象力的疏导方案。他们深入中国社会各个阶层，游走于国际，自身的身份和工作方法也在不同的工作界面上得到转变。借此次乌托邦小组获奖作品在小洲人民礼堂展出之机，你我空间采访了乌托邦小组成员邓大非，就有关作品的创作问题进行了探讨。

U&M: 请谈谈选择朝鲜作为创作对象的原因。

邓大非： 首先，我和何海组建乌托邦小组的时候，我们比较关注与乌托邦有关的各种材料、现象。朝鲜对外宣称朝鲜人民是这个世界上最幸福的人，他们生活在世界上最幸福的国家，诸如此类自我神化的宣传，这一点正好符合我们那种反乌托邦的倾向。实际上，乌托邦小组的艺术实践总是围绕着乌托邦和反乌托邦来展开的。这个项目是我在2012年提出的，最初是想组织一些艺术家从朝鲜边境出发，边走边做行为艺术，后来因为某些原因，这个计划取消了。再后来我和朱其老师做过一个关于朝鲜的读书会，何海也参加了，大家觉得挺有收获的。但我觉得读书会还是远远不够，不能光在理论层面讨论，而且这对提高认识有非常重要的作用，所以就打算做一个关于朝鲜的国际微电影节项目的艺术方案。

U&M: 请问你们对朝鲜的了解渠道有哪些？通过这些渠道所形成的朝鲜印象对创作有什么影响？

邓大非： 我们了解朝鲜的渠道有几个维度，大部分都是网上下载的纪录片，有日本拍的、韩国拍的、美国拍的、英国BBC拍的，还有中国凤凰卫视拍的，很多版本。看过这么多版本后，我发现很有意思的是，各个国家由于政治和新闻体制不一样，他们对待朝鲜的态度有很大区别。例如日本人拍得最细致，态度也相对尖锐；中国凤凰卫视拍得最含蓄。后来我们也读了叶永烈关于朝鲜见闻的一些书籍，也对以朝鲜为主题的艺术家王国峰进行了访谈，在交流的过程中，通过这些资料，我们获得了对朝鲜相对客观的整体印象。

U&M: 作品从构思到完成大概用了多久？

邓大非： 我们大概用了6个月的时间。做电影节这个模式主要基于我们觉得展览作为一种方式和媒介在当下有些过剩而且还有些过时，一件件作品完成后，放在美术馆画廊这个体制内展示，效果就那么回事儿，我觉得对我们的挑战不是特别大。其次是考虑到朝鲜的议题性。在2012—2013年，网络上有很多关于朝鲜的视频短片、搞笑短片及各种段子、图片文字，这些都是朝鲜议题的素材。后来我们就打算做一个虚拟的电影节，把作品做成电影节的概念，既可以征稿，也可以进行创作。后来我们发现朝鲜在平壤搞过一个电影节，只是外界了解的人不多。当然，美术馆平台我们也不会丢失，所以借着在成都A4美术馆参加青年艺术家群展的机会，前期准备我们做了很多微博的推广、征集工作，动员大家参与，自己也花了大量的精力和时间参与相关细节的制作，比如做海报、奖状、奖杯，准备奖金，跟网友、学生互动，做了很多手工小册子，也引起了一些小小的话题。

U&M：为什么会想要采用电影节的方式来创作？和其他创作形式相比，它有哪些特别之处？

邓大非：我觉得电影节本身就是一种媒介、一个形式，采用电影节的形式可以容纳我们很多思考，也能促进我们思考。尽管我们做的录像细节上都比较简单，一个单镜头、一个小创意就完事了，有的甚至直接模仿网络上流行的视频，做一个好的录像艺术不是我们这个项目的重点，重点是如何将关于朝鲜的议题用电影节的方式呈现出来，我认为这个电影节是具有它的实验特征的。电影节独特的趣味与较低的成本，微博上与网友的互动、推广过程本身就在为这个议题做铺垫，刺激人们的思考，在这个过程当中得到了很多人的反馈，这种参与性，与以往仅仅展出一件件作品那种等着展览开幕—展示—结束的过程相比，作为议题，让传播、展示成为我们的一个工作方向。

U&M：在收到的观众反馈当中，你们认为有哪些现象或观点是值得思考的呢？观众的反馈对今后的创作会有直接的影响吗？

邓大非：我在微博上和大家互动得比较多，艺术圈以外的人，特别是综合性大学的媒体专业、艺术专业、师范专业的学生，还有青年人对这个话题参与比较多。他们的反馈就是觉得好玩。我们征集的范围也特别宽，只要有朝鲜元素就可以，这激起了他们的热情。年纪稍大的人，他们的童年也有很多关于朝鲜电影的记忆，听他们讲儿时的回忆，挺感动的，也挺有意思的。有的朋友为我们做了访谈，国外的朋友帮我们把电影节宣传挂在 Facebook 上，我们也收到了国外艺术家的投稿，很有意思。可是因为时间和精力有限，所以收到的投稿和反馈比较滞后。关于朝鲜电影节的访谈记录和宣传片，特别是英语网站上的点击率比国内高多了，这是我们没想到的。

U&M：对于同样表现政治题材的作品，如电影、戏剧、文学作品等，有哪些让你们印象十分深刻的？

邓大非：关于政治题材的创作，我现在比较感兴趣的是关于亚洲的专题片。对于那些艺术家反映自身生存境遇的创作，尤其是体现关于理想和现实的矛盾、纠结的作品，我比较感兴趣。我们感兴趣的是那些艺术家怎么处理、表达这种矛盾。我们身处其中也无法摆脱，作品总是带有这样的特质。

U&M：请说说最近比较关注的一些热点话题。

邓大非：我们从事艺术创作不太关注热点，我们更关注的是城市化带来的各种现象，比如说人的问题，以及被城市边缘化的人群问题，还有城乡交界处发生的各种现象，我们对这些挺有兴趣的。虽然有很多人做过，但我们想在这些老议题当中，在不变的社会现实中，寻找自己的角度。

关于《我要见马英九》

文 / 欧雨路

当婷婷告诉我她有一个去台湾见马英九的计划时，我的第一反应是"为什么？"难道吃个牛肉面还非得见到康师傅不可？她告诉我，因为她不相信。16天的环岛旅行让她感受到台湾与大陆截然不同的氛围，她想知道台湾不被我们所熟知的一面，她要亲身实践……

当我还在为婷婷漫长的旅程是否安全而担忧之时，她的计划早已张罗开了。她开设了微博账号，打算一路坐硬座南下至福州，然后转动车到厦门，再乘"小三通"到金门，然后才飞往台北。

印象中婷婷是一个有一双湿漉漉的眼睛，嘴边一直挂着甜甜的微笑，呆而呆萌，甚至有些好欺负的女孩。她说话轻言细语，笑点也低，一个冷笑话就足够她笑上半个小时，笑到没力气。她性子极好，我和她认识的这么多年里，从未见过她发脾气。记得高中时有位调皮的男生对班上的同学说，朱婷婷的脸能像橡皮一样拉得很长很长。于是乎隔三差五就有同学站在她面前要求验证，甚至强行掐她脸颊两边的肉，一边看着她被拉扯变形成"二师兄"的脸一边啧啧称奇："咦，原来你的脸真的可以拉这么长。"次数多了，竟也不见她生气，只是每回被欺负的时候她就小声嘟囔着，很委屈的样子。她总是这么温温吞吞，唯唯诺诺，由内而外散发出一种"怂"的气质。

可"怂"字拆开，是从心。

婷婷虽然外表柔弱，可她的内心却坚韧无比，对于自己决定做的事情，她从来都是言出必行。刚认识她的那个炎热的午后，她正扶着一张对开的画板，用黑色水笔一笔一笔地给一张巨大的静物素描上调子。她告诉我，那张素描她已经画了三年了。后来她是我们这群人当中最早决定去更远的地方学画画的人，那一次一直到过年她都守着脏兮兮、臭烘烘的画室，那是她人生中第一次在外面过年，那时她也才十几岁。再后来，她从天津美术学院毕业后，去北京闯荡，遭遇过被房东半夜赶出屋子让她重新找地方住的奇葩事件，但她依然没有想过离开那里，回家过安逸的生活，我问为什么，她说"混不好不回家"。

是呀，婷婷就是一个对自己喜欢的事有着近乎偏执的热情的人，她不轻易服输，也很难被打倒。几年的美院求学生涯，使得她的这股韧劲和野性更加根深蒂固，所以在"我要见马英九"这个计划中，虽屡屡受挫，却没有挫伤她继续追问的热情。

在整个计划的实施过程中，有不少网友纷纷转发微博对婷婷表示强烈的支持，更多的是对她勇气的赞赏。后来看到新鲜出炉的纪录片，我竟感动得几乎落泪。如此折腾只为解答心中的疑惑，本就仿佛带着朝圣者般的圣洁光芒。视频所记载的只是百分之一，然而这个小小的社会切片却足以让人见微知著。

…………

从头到尾支撑朱婷婷去做这一系列行为的一个重要动机就是：她不相信。一开始她不相信台湾真有别人说的那么好，所以她要亲自去看；作品做到一半的时候，她突然又开始不相信被采访者口中"不管做什么事都不会被干扰"的说法，所以她去"躺"了好几个重要的公共场所。

我想，社会需要一些这样总是怀疑，总是去探索、去追问、不罢休的人。正是有了这些人，社会才能进步。所以，行动起来，去见马英九也好，也许真的可以积跬步，至千里。

《我要见马英九》让我看到一个"90后"艺术家对社会和外部世界的好奇、关心，她用独有的灵活聪明的方式去介入……不管是生活还是工作，婷婷都一直跟随她的内心，颤颤巍巍地成长着，继续怀疑着，探索着，追问着。

第二回：行为与影像共生

艺术家：张　羽
　　　　［爱尔兰］尼格尔·鲁尔夫（Nigel Rolfe）
　　　　何云昌
　　　　何利校 + 贺　莉
联合策展：胡　震、杨　帆
主办：你我空间
展期：2015/07/06——08/01
地点：小洲人民礼堂

第二回：行为与影像共生

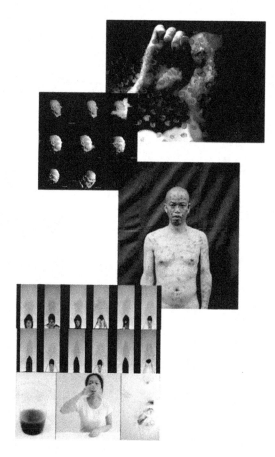

小洲动态影像计划第二回
行为与影像共生

张羽 07/06—07/12

Nigel Rolfe 07/13—07/18

何云昌 07/19—07/25

何利校+贺莉 07/26—08/01

项目策划　你我空间 U&M SPACE
展览地址　广州市海珠区小洲村人民礼堂
展览时间　周一至周五14:00—17:30　周六、周日11:00—17:30

发生 /2014/ 行为录像 / 彩色 /14′ 48″

上墨 /2015/ 行为录像 / 彩色 /11′58″

　　《发生》与《上墨》是一个系列的两部作品。一个发生在南方的杭州，一个发生在北方的北京。南北地域的差异带来文化关联的不同思考，最为明显的是，一动一静。《上墨》作为影像作品，与其说是一个叙事逻辑，不如说是一个过程逻辑。但这个拍摄过程极简得让自己着实爽快。我在整个视频影像中只使用了3个镜头就完成了这次《上墨》作品简约的极简表达。

尼格尔·鲁尔夫 Nigel Rolfe

　　生于1950年，行为艺术家，伦敦皇家艺术学院艺术系客座教授，现居住并工作于爱尔兰都柏林。

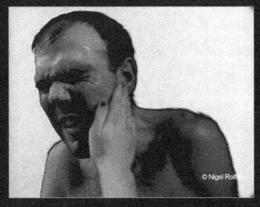

为非洲起舞
Dance Slap For Africa/1983/ 单频录像 / 彩色 /22′23″

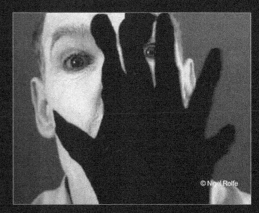

掌脸
Hand On Face/1998/ 单频录像 / 彩色 /1′32″

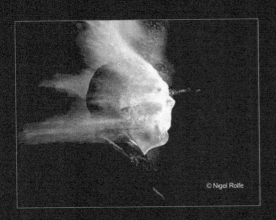

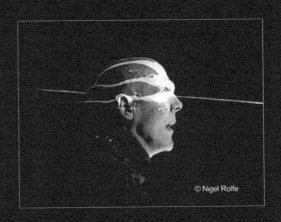

灰尘滋生
Dust Breeding/2008/ 单频录像 / 彩色 /1′

恻隐之心
Milk Of Human Kindness/2008/ 单频录像 / 彩色 /4′ 47″

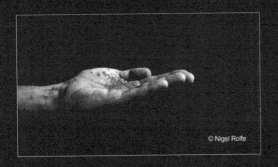

我将跟随
I Will Follow/2009/ 单频录像 / 彩色 /4′ 48″

蓝色·欧洲梦
Blue-European Dream/2010/ 单频录像 / 彩色 /2′ 04″

暗池 Dark Pool/2010/ 单频录像 / 彩色 /4′ 16″

　　尼格尔·鲁尔夫将其行为艺术作品的形象和用于创作的具体物品引入摄影录像领域，通过自身躯体与物质世界的互动，展现出极具美学意义的姿势，并凭借对这些姿势的精心演绎而享誉世界。

何云昌

1967年生于云南，1991年毕业于云南艺术学院油画系，获学士学位。1993年辞职，成为职业艺术家，现在北京居住和工作。2002年获中国当代艺术奖（CCAA奖）。2010年获中国当代艺术"金棕榈"奖和"改造历史2000—2009年"中国当代艺术学术大奖。

一根肋骨/2008/行为录像/彩色/13′12″

何云昌以手术的方式取出自己身体左边的第8根肋骨，然后将这根肋骨制成项圈，并分别与带上项圈的母亲和几位女性朋友合影。

涅槃·肉身/2013/行为录像/彩色/12′40″

何云昌在一天24小时内不断重复用打火机和火柴点燃身上的衣服，直至将最后一片布料燃成灰烬。

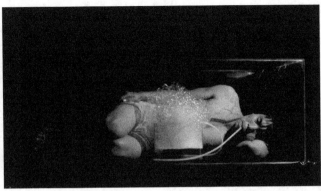

100 天的延续（节选）/2014—2015/ 行为录像 / 彩色 /43′

何利校

1988 年生于广东湛江，2015 年本科毕业于广州美术学院实验艺术系。

100 天做 100 个行为艺术。

36.5 杯 /2015/ 行为录像 / 彩色 /5′ 10″

一次性喝下 36.5 杯由不同的添加物混合而成的自制饮料。

贺　莉

1996 年生于湖南永州，2014 年毕业于广州美术学院附中，2015 年就读于广州美术学院工业设计学院。

何利校访谈：超越身体的物性表达

采访人：U&M/ 肖 尧

何利校师兄是一个腼腆的人，他不太善于用语言去表达，也许行为艺术是他表达思想最为恰当的途径。在2015年广州美术学院本科毕业展上，他的行为艺术作品《100天的延续》大放异彩，成为观众眼中的焦点。在日常生活中，我们思考过将物体"人格化"，赋予物体拟人化的神秘想象，然而很少会去思考身体的物化。当何利校师兄将头发作为拖把、将口腔作为鱼缸时，身体同物体的关系发生了微妙的变化；当他使用熨斗去熨烫生长在身体上的头发时，身体的一部分在同物体发生关系时，发生了我们预想不到的变化。身体与物体之间似乎有着无限的可能，等待着我们去探索。而何利校师兄以自己的身体作为媒介，去探讨身体同物体的关系，探讨身体和物体的社会属性，并以录像的方式，以一个完整的连续的方式呈现出来。对于自己作品的内涵及呈现方式，他也有独特而深入的思考。

U&M：您将"身体"同"物"的关系作为创作的突破口，是想要表达行为艺术的哪一种特质？

何利校：我首先从行为艺术中的"身体"和"物"进入，因为作品的核心就在于强调身体和物，在创作的过程中强调"物"的存在。比如艺术家玛丽娜·阿布拉莫维奇的作品《巴尔干巴洛克》保留了1500个兽骨，这些兽骨堆在现场具有极强的震撼力和视觉冲击力，这种新形式不再像以往那些行为艺术一样，只是以视频的方式展示。虽然"身体与物"的行为艺术作品的后期呈现受到很大限制，但是当艺术家将所使用的"物"以排列或者堆放的形式全部展现时，人们关注的就不仅仅是视频、照片、文本资料，"物"的呈现使它们的关系更加紧密，使作品的内涵得到了升华，这是我从她的作品中所感受到的。所以我个人所创作的作品《100天的延续》就是想要探讨"物"的介入能否让行为艺术有一个更加完整的呈现方式。我认为当下许多行为作品只是就着行为谈行为，因为这些作品即使在最终呈现时使用了文本说明，但视频与文本都只具有记录性，单纯地拿出视频来，大家都只是从行为的角度去看待各个影像，看不到这部作品的价值。当我使用大量的"物"参与行为中，并在最终将所有的"物"陈列出来时，我希望这种陈列所呈现的装置性能让作品跳出"行为"的概念，穿越媒介、类型的划分，让行为具有更宽的范畴，使观众可以从更多的视角来看待这部作品。当我们在行为中尝试强调身体与物的关系的时候，它会衍生出行为装置艺术、行为录像等多种概念。

U&M：以影像的方式记录并展现自己的行为艺术作品，在创作的过程中，影像发挥了怎样的作用？

何利校：在呈现作品时，行为录像有利于艺术家即使不在现场也可以将身体和物结合在一起，也有利于呈现作品的完整性，这是我在作品中对影像的运用。

U&M："100天"的含义从何而来？作品之间的排列顺序是否有其独特的意义？

何利校：直接来自我们的课程锻炼，当时老师要求我每天做两个小作品，没有限制，不论采用何种方式，所以我延续做了13天，总共做了25个小作品。然后就顺势做了100天，但这100天在我作品中只是一个数字。本来我的作品是按时间顺序来做的，所以它对我的作品的创作是很关键的。排序的意义在于有利于为我后期文件的整理提供很明确的创作思路。

U&M：在这连续 100 天的创作中，您是否会遇到一些创作上的阻碍？这是否会影响作品主题或创作思路的转变？

何利校：这种情况挺多的，不过最常遇到的困难还是拍摄的问题，在拍摄用头发拖地那部作品时是有镜头的切换的，当时所有的工作都是我一个人使用定位完成的，过程中还把镜头打烂了，但这些问题都不会影响到我的创作。在 100 天的延续中，我的主题一直都没有改变，你问到的这几个问题每一个都有。例如，《放大》那部作品是以放大作为主题来创作的；也有某一天想到什么就做什么的，就像用头发拖地那部作品，是某一天在打扫房子的时候突然想到的一个作品；有一些是在做上一个作品时延续下来的。

第二回：行为与影像共生

讲座 1.

转间即逝的在场
——从玛丽娜·阿布拉莫维奇反观西方行为艺术发展

主讲人：唐佩贤
对话嘉宾：李听尘
　　　　　何利校
主持人：胡　震
项目统筹：杨　帆
时间：2015/06/05 15：00—17：00
地点：小洲人民礼堂

唐佩贤

英国伦敦中央圣马丁艺术与设计学院博士，舞台美学硕士，当代媒体（荣誉）学士。行为艺术研究中心创办人，资深策展人。

2015年6月5日下午，你我空间的首场讲座在播放记录片《玛丽娜·阿布拉莫维奇：艺术家在场》的片段后轻松开始，主讲人唐佩贤围绕本次讲座主题"转间即逝的在场——从玛丽娜·阿布拉莫维奇反观西方行为艺术发展"畅谈国际行为艺术的发展历程。针对行为艺术的"在场性"问题，唐佩贤提出了个人独特的研究视角。她以玛丽娜在纽约现代艺术博物馆（MoMA）的个展为例，详细阐释了行为艺术从剧场化到身体化再到剧场化这一不断回溯自身的过程。在唐佩贤看来，艺术家和观众的在场性是行为艺术最为重要的特征之一，早期的行为艺术是反体制的，是同现实对抗的；而后期却进入了体制内，在美术馆进行展示。可见玛丽娜的在场性是可控之下的在场性，这也反映出体制对于行为艺术的某种限制。由此看来，这种在场性是"转瞬即逝"的。

唐佩贤同时强调，中国的行为艺术家比较忽略表演性，只保留身体，只在身体艺术的范畴内讨论行为，这本身就违背了行为艺术打破禁忌的原则。

在之后的对话环节，唐佩贤与对话嘉宾听尘艺术空间创始人及执行董事李听尘，广州美术学院实验艺术系2015届毕业生何利校，青年策展人李耀，诗人吴明良，电视传媒人区志航，你我空间联合总监胡震、杨帆以及来自艺术圈和社会各界艺术爱好者们进一步就"行为艺术与体制""行为艺术家的生存困境""行为艺术与社会行为界定""行为艺术如何生效"等问题展开了热烈讨论。

讲座2.

"指印"及其行为使我涉足影像表达
——未来影像作品需要多重方法的渗透与叠加

主讲人：张　羽
对话人：胡　震、杨　帆
时间：2015/07/10 15：00—17：00
地点：小洲人民礼堂

　　2015年7月10日下午，你我空间在小洲人民礼堂与张羽进行了一系列对话，此次讲座名为"'指印'及其行为使我涉足影像表达——未来影像作品需要多重方法的渗透与叠加"，艺术家张羽在讲座中结合此次在你我空间放映的作品《指印》《弥漫的指印》《上墨》《发生》，阐述了影像与行为艺术之间的连接，以及影像作品的独立性。张羽在阐述作品时谈到，自己将水墨的气韵通过《上墨》展现给观众，并且表示影像记录在作品的呈现过程中起到不单是水墨的作用，而是其在向观众传达内容时所采用的艺术表达方式更加具有价值。

讲座 3.

实验艺术如何实验

主讲人：冯　峰
对话人：杨　帆
主持人：胡　震
主办：你我空间、广州美术学院实验艺术系
时间：2015/07/31 15：00—17：00
地点：小洲人民礼堂

冯　峰

1967年出生于黑龙江省哈尔滨市。1991年毕业于广州美术学院。生活、工作于广州。现任广州美术学院教授、实验艺术系主任，中国美术家协会实验艺术委员会委员，澳门特区创意文化产业中心顾问，深圳华·美术馆执行馆长。

2015年7月31日，你我空间为"小洲动态影像计划第二回：行为与影像共生"而策划的讲座活动在小洲人民礼堂"何利校+贺莉作品联展"的现场如期举行。主讲人冯峰围绕"实验艺术如何实验"的主题，结合广州美术学院实验艺术系应届毕业生何利校的作品创作，回顾了"实验艺术"在广州美术学院走过的历程，并以中国美术学院、中央美术学院实验艺术教学经验为参照，介绍了广州美术学院实验艺术系的成立过程，并与在场的听众一起分享了广州美术学院实验艺术教学的基本理念和方法实践。其间，他特别强调了"外向思维和内向思维训练"在实验艺术教学中的重要性。作为一名长期致力于跨界实验的当代艺术家，冯峰还就大家关心的实验艺术如何界定问题，结合自己的创作实践，表达了个人对实验艺术未知性和不确定性的探求和迷恋。

针对"什么是实验艺术""实验艺术如何界定""如何进行艺术实验"等问题，你我空间联合总监杨帆也以"艺术进村·南亭行动"项目中表现突出的在校生贺莉的作品为例，就当代艺术特别是实验艺术中常常让人困惑的"陌生""新奇""晦涩"等现象与冯峰以及在场的听众进行了探讨。

第三回：女性视角

艺术家：袁　素
　　　　崔岫闻
　　　　［德国］林妮·玛舒（Lynne Marsh）
　　　　［伊朗］西敏·克娜玛蒂（Simin Keramati）
　　　　［波兰］阿格妮丝卡·波尔斯卡（Agnieszka Polska）
　　　　吴　超
　　　　秦　晋
　　　　［美国］米歇尔·亨德尔曼（Michelle Handelman）
联合策展：胡　震、杨　帆
主办：你我空间
展期：2015/08/02—09/12
地点：小洲人民礼堂

袁 素

1987年生于广东揭阳。2007年毕业于广州美术学院附中（即广州美术学院附属中等美术学校）。2011年毕业于广州美术学院版画系，获学士学位。2015年毕业于广州美术学院实验艺术系，获硕士学位。

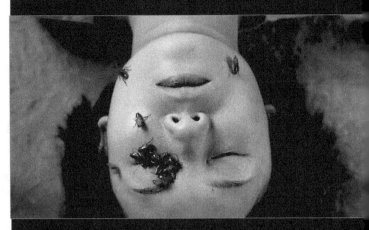

离开底波拉 /2013/ 单频影像 / 彩色 /5′17″

没有鲜血，没有暴力，仪式只此一次。

模仿性游戏 /2013/ 单频录像 / 彩色 /5′11″

不管是什么，一连串的表演，我们只是虚构的角色扮演，但一切却是那么真实。

战士 /2014/ 单频影像 / 彩色 /11′34″

刀是对自我苦行的隐喻，同时也是自我内部世界的探测器。它危险、暴力，因其是虚幻与现实杂交的悲剧。

崔岫闻

1967年生于哈尔滨,1990年毕业于东北师范大学美术系,1996年从中央美术学院油画研修班毕业。早期从事油画创作,其后从事影像和图片创作。中国当代最具国际影响力的独立女性艺术家。她是第一个在英国泰特美术馆展出作品的华人艺术家,其代表作《洗手间》曾先后被法国蓬皮杜艺术中心、比利时尤伦斯基金会收藏。

北京,在行驶的地铁车厢的一角坐着一个身穿红色外套的三十来岁女性,面向她的是两个站着的手提购物袋的男性。除了女人撕嘴皮的动作和她左顾右盼的眼神,没有别的。

地下铁 /2002/ 单频录像 / 彩色 /46′17″

林妮·玛舒
Lynne Marsh

曾在蒙特利尔的康卡迪亚大学（文学学士/1992）和伦敦大学金史密斯学院（艺术硕士/1998）学习。后在蒙特利尔、柏林和伦敦学校任教。曾获加拿大艺术理事会、魁北克文艺理事会和英格兰艺术理事会颁发的艺术家奖。

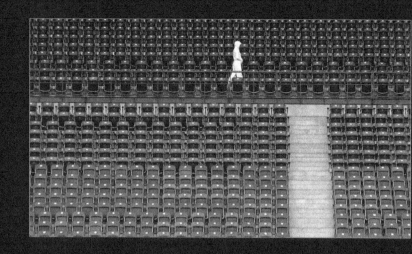

体育馆 Stadium/2008/ 单频录像 / 彩色 /10′ 54″

位于柏林的奥林匹克体育馆，那个出现在莱妮·里芬斯塔尔于1936年拍摄的奥运会电影里的地点，曾声名狼藉。在《体育馆》里，它是场景兼主角。玛舒在影像中使用了里芬斯塔尔青睐的技术：升降镜头、环形移动镜头和低角度镜头。影片以一段3D动画开始，用建筑模型呈现了体育馆近期的翻新及其所在地的变化。多重摄像机位横扫的拍摄方式，产生了眩晕和平庸重复的感觉。还有一个白色的身影跳着手势舞在场馆间行进。

游乐场 Plänterwald/2010/ 单频录像 / 彩色 /17′ 50″

过山车和摩天轮默然伫立——这里是前东德游乐场，坐落在柏林市的边缘地带。在对外关闭10年之后，当年那些让人暂时从现实中脱离出来的骑乘游乐设备也逐渐腐朽，杂草丛生。荒谬的是，这个废弃之地竟然还有警卫巡逻。一方面，他们试图将其与公共领域和当代生活相隔绝，但另一方面又让它置身于目前的社会和经济状况下。

西敏·克拉玛蒂 Simin Keramati

1970年生于伊朗德黑兰。1996年获德黑兰艺术大学美术硕士学位，德黑兰阿萨德大学科技艺术董事会成员，2004年达卡国际双年展大奖获得者。

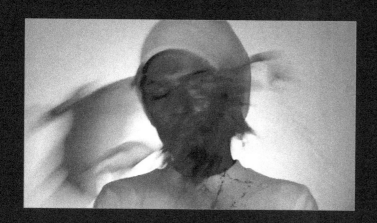

一段活体组织检查的亲密记忆 Biopsy Of A Close Memory/2011/ 单频录像 / 彩色 /2′

作品标题采用了医学术语"活体组织检查"一词：第一层涵义，它暗指那些问题和关注点可以被看作是一种身体健康免疫系统疾病或功能失常；第二层涵义是说，尽管从病人身上所提取的活组织通常是极其微小的，却能以小见大，发现并找出全局性问题。"记忆"一词表示作者的所有想象和记忆。叙利亚大屠杀的场景，是她这部作品的灵感来源。

阿格妮丝卡·波尔斯卡 Agnieszka Polska

1985年生于波兰卢布林，曾就读于克拉科夫美术学院平面设计系，并曾在柏林艺术大学跟随希朵·史戴尔教授学习多媒体课程。现从事影像、动画与摄影工作，目前生活和工作在克拉科夫及柏林。

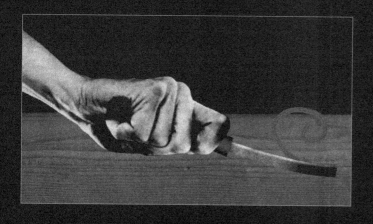

如何完成作品 How The Work Is Done/2011/ 单频录像 / 黑白 / 彩色 /6′ 26″

这是一部以真实事件为依据的虚构纪录片，但是它讲的故事跟真实事件几乎没有什么关联。这部影像涉及乌托邦、怀旧作品，还讲到要建立一个在郁阿压抑环境下的艺术家群体。纪录片脱离了艺术和政治背景，用视觉媒介营造出一种单纯的、互动的怀旧感。

吴 超

1977年生于四川，2007年毕业于法国南锡国家高等艺术学院，获造型艺术硕士学位。现为高校教师，工作、生活于广州。曾获得2011年柏林国际短片节竞赛单元、2012年捷克国际动画节评委特别奖、2013年北京独立影像展实验创新奖、2013年独立动画论坛多媒体动画奖、2014年华宇青年奖评委会大奖等。

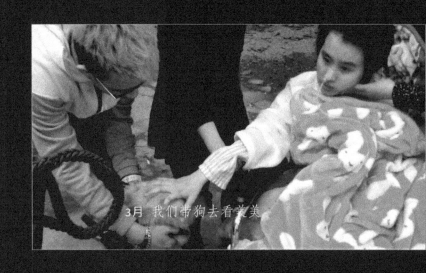

"植物人视听唤醒"项目 /2014—2015/ 单频录像 / 彩色 /13′40″

　　该项目是艺术家与原广州军区总医院意识障碍研究中心的合作项目，主要涉及脑科学、心理学、艺术以及临床实验。通过跨学科合作，用艺术介入植物人（主要是微意识状态）的唤醒，来探索遭遇重创后如何由心理带动生理，唤醒生命原动力。

　　该项目开始于2014年，2015年元旦第一个病例美美成功被唤醒，5月进行延伸活动"谢谢遇见你"，以艺术的方式为美美筹集医疗费。6月在医院建立视听唤醒室。7月开始唤醒新病例。

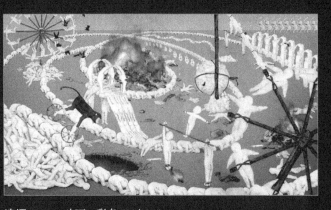

追逐 /2011/ 动画 / 彩色 /22′27″

　　短片讲述一群不断向前寻找的小孩，他们被远处一个神秘的愿望所吸引，不断抛弃、游戏、模仿、改变。当他们终于到达目的地实现愿望时，却成为被控制的傀儡，再也不能回到来时的地方……

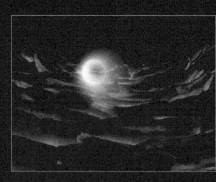

能量 /2015/ 动画 / 彩色 /4′30″

　　《能量》是"植物人视听唤醒"项目的共性化视听作品。视听作品分为两部分：1. 根据个体病例的核心记忆、情结和意象，创作个性化视听作品。2. 根据集体无意识和植物人的身心状态，创作共性化视听作品。共性化视听作品分为四个阶段：能量、欲望、重生、安详。《能量》是第一阶段：激发生命原初能量

白沫 /2014/ 单频录像 / 彩色 /39′48″

影片从讲述一个老人 C 不断写信给自己的母亲开始,她的母亲在她幼年时就已经去世。影片的三屏结构将 3 个时空并置在一起,分别是:时间被压缩了的纯粹意识空间;C 在一天的时间里老去,老年的 C 在现实的空间里和自己依旧洁白年轻的母亲相遇;年幼的 C 和母亲往日共处的时光。

秦 晋

生于广东广州,现为广州美术学院油画系讲师,生活、工作在广州。她的创作题材广泛,包括绘画、摄影、装置、行为以及影像作品。作品《白沫》曾获得第十届中国独立影像节实验影像单元十佳影片。

一名女子将一直穿在身上的(或他人的)衣服洗净、晾干、熨平,仿佛每日耕种、诵经、呼吸……

二十九年八个月零九天 /2006/ 行为录像 / 彩色 /6′7″

艺术家手握一个按照自己骨盆大小做的色粉盆骨从家中出门,沿着日常上班的线路步行(过马路,走过跨江的大桥,等等),手上的盆骨在粗糙的路上不断磨损,直至消失。

握住我的盆骨 /2014/ 行为录像 / 彩色 /109′

米歇尔·亨德尔曼
Michelle Handelman

旧金山艺术学院学士，伦敦巴德学院硕士。美国马萨诸塞艺术与设计学院电影与视频系副教授，居住于纽约布鲁克林区。2011年荣获古根海姆电影与视频类学术奖。

荒唐·过失 /2004/ 单频录像 / 彩色 /8′10″

作品从一个贴满"睫毛"的圆形镜头的视角开始，镜头里的女主角将镜头周围的"睫毛"取下来，然后又贴上，她似乎能够窥探到镜头后面的我们，她指着镜头说："I see you."

道林，电影之香水 Dorian, A Cinematic Perfume/2009—2011/ 单频录像 / 彩色 /63′13″

该片是基于奥斯卡·王尔德19世纪所写小说《道林·格雷的画像》及该小说的主题"颓废、自恋、艺术的含义"而创作的一部4声道影片。亨德尔曼通过把道林塑造成一位被纽约市中心时尚摄影师发现的年轻女子，来解读该故事及其同性恋底色。影片中，道林接受了一位有名的变装皇后的指导，成为夜店之星，时不时被狗仔队追踪。摄影师所拍摄的照片成了声名狼藉的肖像，随着她变得越来越美丽有名而荒诞地产生着变化，最后以她自恋式的毁灭而告终。

小洲动态影像计划第三回：女性视角

崔岫闻   **米歇尔·亨德尔曼**
洗手间　　　　　　　　　　荒唐·过失

西敏·克娜玛蒂   **袁素**
一段活体组织检查的亲密记忆　　模仿性游戏

吴超   **林妮·玛舒**
能量　　　　　　　　　　　体育馆

阿格妮丝卡·波尔斯卡   **秦晋**
如何完成作品　　　　　　　白沫

2015.09.13 — 09.19

联合策展：胡震 杨帆

周一至周五14:00—17:30　周六周日11:00—17:30
地点：广州市海珠区小洲人民礼堂

主办：你我空间　　特别鸣谢：　　媒体支持：

特别加映：女性视角·对话

艺术家：崔岫闻 & 米歇尔·亨德尔曼
　　　　袁　素 & 西敏·克娜玛蒂
　　　　吴　超 & 林妮·玛舒
　　　　秦　晋 & 阿格妮丝卡·波尔斯卡

展期：2015/09/13—09/19
地点：小洲人民礼堂

　　女性的视角，就如她们细腻的情感一般，她们可以敏感地察觉到表象背后隐匿的线索和看似无关的事物的联系。具有不同文化背景的女性艺术家之间，拥有着更为深刻的交流。作品代表了她们的姿态和言语，不经意间，便构成了一段段令人回味无穷的"对话"。看着这些作品，犹如站在雅典学院的大厅，感受到智慧与真理的碰撞。

　　一个小小的镜头，连接着不同的世界。图像往往不能够全面反映真相，但镜头会带领我们走向真实。崔岫闻和米歇尔·亨德尔曼的作品都是从一个镜头的视角开始的。在崔岫闻的作品中，观众是一个窥视者，偷看着隐秘的洗手间所发生的一些不为人知的现实；而在美国艺术家米歇尔·亨德尔曼的作品中，观众又成了被窥视的一方，不管她如何将我们"隐藏"，最终她都能够看到真实的我们。似乎两者的镜头本应连接在一起，后者镜头中的女主角正对着前者镜头里的人们说："I see you."

　　受过伤害的女性通常处于弱势，昏暗的环境、粗暴的行为都为伤害作证，袁素用黏液和高跟鞋向人们控诉女性在男女关系中经常发生的悲剧。同样简单的行为，在伊朗女艺术家西敏·克娜玛蒂的镜头下展现出无穷的张力。内疚与悔恨也许是观众面对作品时的直接感受。

　　唤醒，紧密联系着吴超和德国艺术家林妮·玛舒的作品，人们往往渴望去寻找对于伟大的人或事物的留恋和记忆。无论是对于植物人的呼唤还是对于建筑物的缅怀，最终都付诸隐藏在内心深处的原始情感的再现。数码技术同现实场景的结合，创造出了令人惊叹的宏大场面，活跃在壮观而又平静的场景中的一小点动体，时刻牵动着我们的情绪，似乎我们的心也随着它在不停地移动。然而同样的思绪和情感在不同的中西方艺术家的手中却呈现出了不同的表现方式，魔幻、科幻与现实不断交融。

　　运用蒙太奇式的手法将不同时空的生命压缩在看似相似的场景中；虚构的内容，以假乱真的镜头，吸引着人认真聆听，即便讲述的已与真实事件无关。艺术家总是最厉害的说书者。同样是对过往的记录，秦晋用年老的女儿相遇记忆中年轻的母亲、幼年的女儿和母亲相处的场景，和我们探讨时间、空间、生命、死亡周而复始、生生不息的关系。镜头进入艺术家零乱、压抑的生活环境，潜入艺术家乌托邦的梦里，由透明液体自由流动而形成的艺术品被击碎。在波兰艺术家阿格妮丝卡·波尔斯卡的故事中，艺术家清澈的梦和独立自由的生活仿佛被击碎了。

　　虽然来自不同时空、彼此陌生的国度，但通过镜头，这些独立、个性鲜明的女艺术家以异于常态的视角窥探在不同环境、不同状态下的生命。当将这些反映世间百态的影像置于同一空间时，那些纷繁复杂的声音和图像似乎产生了触电般奇妙的"对话"。

第四回：胡介鸣、胡为一

艺术家：胡介鸣、胡为一
联合策展：胡　震、杨　帆
主办：你我空间
展期：2015/09/20——10/03
地点：小洲人民礼堂

前言

　　两代人，对于艺术创作的理念，往往会呈现出较为强烈的对弈。从他们的作品中，我们可以感受到两代人不同的生活哲学和处世态度。这次，我们带来了胡介鸣、胡为一父子的作品，让我们一起来窥探他们艺术创作之间微妙的联系。

　　年轻人往往热衷于追求自由和激进的艺术创作。胡为一的作品具有很多隐喻性的因素，他利用风将写有"自由"等字样的布逐渐吹散，将画有美丽蓝天的纸张一点点地撕裂。在他的作品中，我们发现了年轻人所特有的大胆与冒险：以高速行驶的车创造疾风、逐车绘画、在十字路口放置几十只会动的玩具……这些"危险"的行为，却成了其创作中的独特表现。

　　在胡介鸣的作品中，我们看到的是岁月在人们身上留下的痕迹。那些古建筑和往时电视机里出现的图像，成了胡介鸣这一代人心目中最为深刻的印记。可能在胡为一的眼中，这些图像会有截然相反的理念和讽刺意味。然而在他父亲这一代人的眼中，这些图像是他们那个时代的符号。他习惯用装置和影像结合的方式去创造一种身临其境的现场感。稳重，成为其作品中重要的因素。在体验他的作品的时候，我们总能够平静下来，去仔细感受作品中的那些点滴细节。

　　完全不同风格的作品体现出父子间的对弈。然而，新老作品并没有好坏之分，这些作品映射出两种不同的创作方式，他们代表着两个不同年龄阶段、不同理念的艺术创作。

胡介鸣

1957年生于上海,1984年毕业于上海轻工业高等专科学校美术设计系(现上海应用技术大学)。现为上海视觉艺术学院新媒体艺术学院院长。胡介鸣是当今中国数字媒体和录像装置的先驱艺术家之一。

只要轮廓 /2001/ 单频录像 / 彩色 /9′25″

与生理状态有关 /1996/ 单频录像 / 彩色 /5′20″

录像素材取自《中国名胜》明信片。将明信片输入计算机,通过一系列多媒体技术的处理,将若干张明信片组成约9分钟的录像,在录像画面上,被画上五线谱的明信片依次从右向左微微经过屏幕。当明信片经过屏幕中央时,图像的主要轮廓线被不同色彩的点所显示,根据这些点在五线谱上的不同位置谱曲,并用不同的乐器演奏成一首乐曲。

在医院的危重病房里有个监控室,24小时监控着病房里每个危重患者的病情。作品的素材取自一个生命垂危患者的心跳和呼吸。在屏幕上方移动的曲线是该患者的心率,屏幕下方的起伏波动的线条显示了患者的呼吸状况。在这些曲线上覆盖一张透明的五线谱,当波动的曲线经过屏幕中央时,曲线在五线谱上的位置就是读谱的依据。根据"谱上的内容"用钢琴演奏成曲。

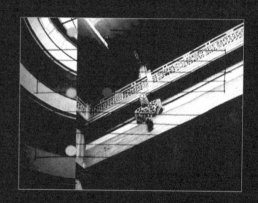

来自建筑内部
/2002/ 单频录像 / 黑白 / 彩色 /6′18″

情感交流一分钟
/2002/ 单频录像 / 黑白 / 彩色 /1′32″

录像的主体是一双特写的手,这双手以缓慢的速度连续地做着不同的手势,手的轮廓谱写出乐曲,并用木琴演奏。

录像素材来自两个部分的建筑影像和图片:一部分摄自安徽传统老建筑,另一部分摄自西方现代都市建筑。通过计算机技术将这两部分的影像素材进行合成,以呈现出相互覆盖、交替、对抗等拉锯状态,产生出一系列戏剧性的效果。从这些风格大不相同的建筑轮廓中获取信息,再将这些信息转换为音乐。影像中的红点和黄点是乐谱的依据所在,红点、黄点沿着建筑的轮廓行走,它们在五线谱上的位置便是音符。红点沿着中国传统建筑轮廓行走,用传统乐器演奏;黄点沿都市轮廓行走,用西洋乐器演奏。

它还在那儿 /2002/ 展览现场录像 / 彩色 /1′27″

投影机从背后将一条处于睡眠状态的狗的影像投射在屏幕上，屏幕竖立在展厅门口。当观众进入展厅时，狗起身警觉观望；观众靠近时，狗进攻性地冲过来并狂吠；观众再逼近时，狗后退并做出妥协姿态，回到远处继续睡觉。

水上 水下 /2003/ 展览现场录像 / 彩色 /2′42″

屏幕 A 是一男子在书房里靠窗而坐，手持钓鱼竿悠然垂钓。当观众靠近时，水汹涌地注入书房至充满，人、物和空间处于水下状态；当观众离去时，一切复原水上的常态。屏幕 B 是一处平静的水面，远处的河岸线的景色为小桥、亭台楼阁和高楼建筑群。当观众接近时，河面上远近各处有鱼跃出水面，水面上涟漪连连。观众离去即恢复平静。屏幕 C 为水下情景。当观众出现时，水下有潜泳者进入画面，有的是经过画面，有的带有表演倾向，有的处于挣扎状态。观众离开观看区域时，潜泳者游出画面，水下恢复宁静。

向上 向上 /2004/ 展览现场录像 / 彩色 /2′43″

海拔高度为零 /2007/ 展览现场录像 / 彩色 /3′25″

这是一部景观式的互动影像装置作品，计划在美术馆建筑外墙上实施。用电视机堆起一根类似纪念碑式的柱子，电视屏幕显示四个年轻人从屏幕底部艰难地向上攀登至消失于顶部的画面。在攀登的过程中，攀登者和外界的声音建立起互动的关系，当外界声音出现时，攀登者会做出不同的反应。根据声音长短、强弱的不同，攀登者有不同速度和不同距离的下跌反应。声音消失后，攀登者继续向上。计算机程序控制着作品的运行和声音互动，电视机固定在红色的金属支架上并配有防水罩以避风雨。计算机通过 VGA 连线给电视机送出影像信号，外置拾音器将外界声音信号提供给计算机，程序根据指令控制送出的影像信号，达到交互的目的。

作品由多个船的舱门构成，在舷窗的计算机屏幕上的图像是海水和各种漂流物，这些漂流物包含那些被人遗弃的日常用品、消费品等。观众的视平线保持在水面和水底之间，水中的这些被遗弃或由于各种原因与母体分离的物体随波逐流，时而撞击船窗玻璃，时而漂离。通过虚拟视窗，感受一种双向漂泊和流动。影像内容是根据外置控件的指令和观众产生互动：观众在现场通过感应器与水中物品的出现与变换产生互动，目睹这些曾经与人类发展关系十分密切的物质在零高度的不同状态、处境。

胡为一

生于 1990 年，2013 年本科毕业于中国美术学院，2016 年毕业于中国美术学院跨媒体艺术系。

一公里 /2012/ 单频录像 / 彩色 /4′ 45″

6 个年轻人用跑步接力的方式，追赶一块被车拖着的画布并在上面作画，直到精疲力尽。

吹 /2015/ 单频录像 / 彩色 /2′ 31″

艺术家用墨汁在游行示威用的写字板上快速地写上一些极具象征意义的词语，并将其举出飞快行驶的车窗外。高速行驶产生的狂风像一双无形的手，将这些意义鲜明的字迹抹去，或者吹得模糊不堪，让人无法辨别。

匍匐前进 /2012/ 单频录像 / 彩色 /3′ 20″

30 多个比基尼电动玩具小兵，兵分四路，不断地匍匐前进，试图占领一条繁忙的十字路口，经过一场"激战"，它们全部"阵亡"，变成一堆塑料和电子垃圾。

有限的风景 /2012/ 单频录像 / 彩色 /5′ 32″

打印机不知疲倦地打印一张天空图，发出有节奏的机械声，一个试图与自己影子对话的男子，将一本书一页一页地撕下来，飞舞的书页如雨点般地敲击在雨伞上。男人在一个密封的头盔中抽烟，体验窒息的快感……正如你所看到的，这是一个怪异、荒诞、被人遗忘的世界。

第五回：回返珠三角——专题影像展映

艺术家：［香港］陈 果
　　　　［香港］麦曦茵
　　　　　　　欧 宁、曹 斐
　　　　　　　周 滔
　　　　　　　周 浩
策展人：胡 斌
主办：你我空间
协办：香港－珠三角环保电影节
特别支持：香港－亚洲国际都会
　　　　　广州美术学院美术馆
展期：2015/10/04—10/31
地点：小洲人民礼堂

前　言

文 / 胡　斌

　　在珠三角这片活跃而富含各种矛盾的热土上，逐步消逝的景观与新崛起的产业及人文景观，历史的痕迹与瞬息万变的时尚因子混杂一处，异样而又摇曳多姿，极大地刺激着我们的身心，构成我们艺术表达的复杂议题。在这片土地上，有过不少聚焦珠三角议题的作品和讨论，但现在的社会与文化语境已经发生变化。此次"回返珠三角：专题影像展映"组织了几位影像艺术家有关珠三角的早期和近期作品，以此对"珠三角"进行重新思考。几位艺术家的角度和方式都不一样，与区域发生的联系也各有不同。通过他们的作品，我们可以体会到身处珠三角所带来的集体记忆、社会体认、身体感知、空间叙事等方面的先进生产力。

胡　斌

　　1979年生于湖南长沙，2006年毕业于广州美术学院美术史系，2010年博士毕业于中国艺术研究院。时任广州美术学院艺术与人文学院副教授、广州美术学院美术馆副馆长。

小洲动态影像计划第五回
回返珠三角：专题影像展映

陈果　麦曦茵
欧宁　曹斐
周滔　周浩

2015.10.04 — 10.31

策展人：胡斌

周一至周五14:00—18:30　周六 周日11:00—18:00
地点：广州市海珠区小洲人民礼堂

主办：你我空间
协办：珠三角独立电影节 The Pearl River Delta Beecinema Festival
特别支持：HONG KONG 香港 ASIA'S WORLD CITY 亚洲国际都会、广州美术学院美术馆 Art Museum Of Guangzhou Academy Of Fine Arts

你我空间
特别鸣谢：时代美术馆 TIMES MUSEUM、33 ART GALLERY
媒体支持：艺术当代 ARTchina、媒体、289艺术风尚、读书报、WORLD ART、Artron.net 雅昌艺术网、艺术国际 Artintern.net

陈 果

1959年生于广东，10岁移居香港。1984年加入嘉禾电影公司。1993年初次执导《大闹广昌隆》。1996年以用剩的菲林拍摄《香港制造》，与之后的《去年烟花特别多》（1998）及《细路祥》（1999）合称"97三部曲"。其他作品有《榴莲飘飘》（2000）、《香港有个荷里活》（2002）、《人民公厕》（2002）、《三更2之饺子》（2004）、《西安故事》（2006）、《成都我爱你》（2009，合导）。

黄色拖鞋 /2010/ 剧情短片 / 彩色 / 粤语 / 中英文字幕 /11′

很久以前有个小男孩，他的妈妈经常带他去看香港电影，为的是从电影中找回他的爸爸。听说男孩的妈妈曾经是一名演员，他的爸爸是有名的演员，不是李小龙或张国荣，也不是《旺角卡门》的张学友、《阿郎的故事》的周润发，也不是……多年以后小男孩长大成人，他的妈妈亦去世，但他还是像妈妈那样热爱看电影，至于谁是他爸爸已经不重要了。

偏偏 /2010/ 剧情短片 / 彩色 / 粤语 / 中英文字幕 /20′32″

麦曦茵

香港新一代青年编剧及导演。2006年毕业于城市大学创意媒体系，毕业作品《他她》获第12届香港独立短片及录像比赛公开组金奖，以及第9届德国汉诺威国际电影节国际组别青年导演奖。后获香港国际电影节协会邀请拍摄《香港电影四重奏》。短片《偏偏》于香港及多个海外影展展出。2011年凭借《志明与春娇》获香港电影金像奖最佳编剧奖。

饥饿的男子，想与心爱的人相约宵夜，偏偏无法通话，独自从太子吃至尖沙咀，以食欲掩盖思念；买醉的女子，想在休假前夕见一见所爱的人，偏偏反复犹豫，从尖沙咀醉至太子，跌跌撞撞，由存心求醉至瞬间清醒。两个寂寞的"80后"，与睡意抗衡，与枯燥的生活搏斗，在明天不用上班的欢乐时光，依靠两部手机，吐露暧昧不明的絮叨，在各自的爱情关系中或追逐，或等候。两个滞留在弥顿道上的城市人，在逃离寂寞吞噬之际，偏偏相遇……

欧 宁

出版人、平面设计师、艺术家和策展人。1969年生于广东遂溪，1993年毕业于深圳大学。2002—2003年主持城市研究和纪录片项目《三元里》。

曹 斐

活跃于国际舞台的新晋中国青年艺术家。1978年生于广州，2001年毕业于广州美术学院。现工作及生活于北京和广州。

三元里 /2003/ 单频录像 / 黑白 / 中英文字幕 /40′

三元里计划是欧宁、曹斐应邀为第50届威尼斯艺术双年展而创作的影像、纸媒体出版物和文献展示项目。它以缘影会的名义制作，采取个人创作与群体协作相结合的制片方式，展开对广州城市化进程和典型城中村三元里的拍摄和研究。三元里计划从三元里这一节点开始对广州进行切片研究，它以城市漫步者的姿态，探讨历史之债、现代化与岭南宗法聚落文化的冲突与调和、都市村庄的奇异建筑和人文景观，最后形成一部影片和一本特刊。

周 浩

职业纪录片导演，曾是一名媒体记者，2001年开始制作纪录片。2014年执导的《棉花》获第51届台湾金马奖最佳纪录片奖，2015年获美国圣丹斯电影节评委会特别奖，2015年年底再次入围金马奖。

厚街 /2002/ 纪录片 / 彩色 / 中文字幕 /91′

厚街又名后街，是珠江口的一个小镇，距离省会广州45公里、香港80公里。20世纪80年代初至今，来自台湾、香港的资本和中国内地的大量廉价劳动力使它从农业小镇迅速发展为一个劳动密集型的工业城镇。本片真实记录了这些在厚街打工的农民鲜为人知的生活状况。

差馆 II /2010/ 纪录片 / 彩色 / 中英文字幕 /70′

2010年"春运"，我们被允许在这里拍摄。这个有300名警察的派出所设在广州火车站0.8平方千米的广场上。在这里，我们看见形形色色的"有困难找警察"的人们，有买不到票想回家过年的人、讨薪的农民工、小偷、混社会的少年、捡垃圾的老人、流浪汉，我们把注意力全放在派出所进进出出的民众身上……

南石头 /2011/ 单频录像 / 彩色 /25′

南石头，是位于广州市海珠区西南部的一个城中村，周滔用当地最普通的生活场景，把人们带到一个寂静平常却看似诡异的世界，理性地谈论对空间的感受。

周 滔

生于湖南长沙，2006年研究生毕业于广州美术学院，现生活在广州。曾获得2013年首届汉涅夫金斯基金会曼谷艺术及文化中心当代亚洲艺术奖、2015年第61届奥伯豪森国际短片电影节评委会大奖首奖。

第六回：新制图学——数字人文与现实

艺术家：史蒂芬·沃罗森（Steven Woloshen）
　　　　费尔南德-菲利普·莫兰-巴尔加斯（Fernand-Philippe Morin-Vargas）
　　　　纳塔莉·布约德（Nathalie Bujold）
　　　　雅各布-威廉（科）·侯德曼［Jacobus-Willem（Co）Hoedeman］
　　　　安妮·丹尼尔（Annie Daniel）
　　　　亚历山大·罗伊（Alexandre Roy）
　　　　尚塔尔·杜邦（Chantal DuPont）
　　　　埃莱奥诺·戈德堡（Eleonore Goldberg）
　　　　约阿希姆·贝朗格（Yoachim Belanger）
　　　　费利克斯·拉热内斯（Félix Lajeunesse）&保罗·拉斐尔（Paul Raphael）
　　　　皮耶尔-菲利普·谢维尼（Pier-Philippe Chevigny）
策展人：［加拿大］林赛·锡伯杜（Lysanne Thibodeau）
主办：你我空间
特别支持：新时线媒体艺术中心
展期：2015/11/01—11/21
地点：小洲人民礼堂

前　言

　　当今，数字技术已渗透我们的日常生活之中，这为动态影像创作者新的表达方式和艺术风格的形成开辟了道路。本项目集合了加拿大 Vidéographe 机构近期收藏的系列作品，它们基于技术实验和美学研究催生了一些新的叙事领域。

　　本项目由 24 部内容丰富的影像艺术作品组成，包括胶片电影和高清影像，由此汇聚成六大主题，内容涉及身份、战争、流亡、文化和科技，其中有 9 部作品（之后又加映了 2 部作品）安排在中国广州的"你我空间"展映。在单个项目中，不同风格的作品显示出一种方法上的混合，除了纪录片，你还会发现实验性的虚构片、散文电影和多种技术呈现的动画片。

　　在这批艺术家当中，有初出茅庐的新手，也有成绩斐然的艺坛中坚，他们有着不同的经验和背景，用作品清晰地勾勒出我们所处的世界。艺术家们的角度和视野——不论黑暗抑或光鲜，不管是荒谬还是幽默俏皮，都极好地凸显了我们这个时代的特征，如同一面镜子，映照出我们对世界的感知和质疑。为了方便海内外观众观看，项目中近半数作品没有语言对话，其他则分别以法语、英语、西班牙语和汉语为作品语言，并配有字幕。

　　"数字人文与现实"这一项目在美洲、欧洲和亚洲进行了巡回展映，在实验电影院、博物馆、艺术中心和大学里展映。其间，艺术家和策展人的出席促进了作品与公众的交流。同时，这也是一个激发对话的契机，以助力当今媒体艺术实践并确认新的方向。

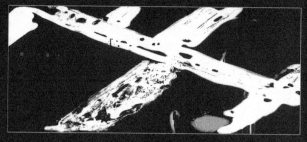

史蒂芬·沃罗森 Steven Woloshen

讲师、技师、动画师和工匠。在 30 多年的时间里，他一直热衷于抽象电影和时基装置的创作。近期，他化身为书籍作者。

1000 米高原 1000 Plateaus/2004—2014/ 实验动画 / 彩色 / 无对话 /35mm 胶片 /3′21″

本片作者利用简单的工具在一部汽车的前座上完成此作品。这部手工制作的短片讲述了旅行和爵士乐带给人的喜悦。

费尔南德－菲利普·莫兰－巴尔加斯
Fernand-Philippe Morin-Vargas

来自加拿大魁北克省。高中时期，他花了两年时间独自旅行，穿梭于美国、加拿大和欧洲。之后，他在蒙特利尔大学学习了一个学期的电影研究课程。2008—2011 年，他进入魁北克大学攻读影视专业。

短片讲述了一个隐蔽在公寓里的家庭，在他们创造的幸福里寻找庇护的故事。

公寓 Condominium/2013/ 虚构片 / 彩色 / 法语 / 英文字幕 /35mm 胶片 /6′15″

纳塔莉·布约德
Nathalie Bujold

1964 年生于加拿大魁北克省加斯比斯镇。1992 年本科毕业于魁北克市的拉瓦尔大学（Université Laval），并荣获勒内·理查德奖。

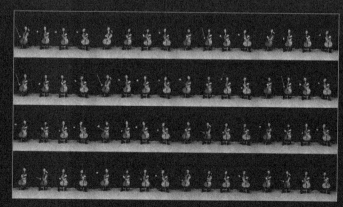

纺线 Textile De Cordes/2013/ 艺术电影 / 彩色 / 无对话 /1′20″

片中的大提琴演奏者伊莎贝尔·波兹尼（Isabelle Bozzini）运用同一乐器的不同技法演奏同一音符。该音符以特定方式自发重复（从 4 到 16 再到 67108864）。随着其持续时间的 20% 被逐次添加或删除，音符的高度得以改变。

于荷兰阿姆斯特丹。他在阿姆斯特丹美术学院和海牙皇家艺术学院学习的同时也曾供职于电影制作工作室。他的作品享誉全球,获得了超过 80 项的大奖,并被许多电影节提及。

蓝色弹珠 The Blue Marble/2014/ 动画 / 彩色 / 无对话 /6′12″

这是一部根据"童兵"这一现实所创作的虚构片。在片中,一名年轻女子和她村里的学生被叛军绑架并被强行送到营地,他们将被训练成残酷的杀人机器——童兵。这是一个关于压迫与希望的故事。

安妮·丹尼尔 Annie Daniel

导演、剪辑师。《士兵的征途》是她的首部实验电影,这部作品让她得以探索一种更好的风格。

士兵的征途 The Soldier's Journey
/2014/ 纪录片 / 彩色 + 黑白 / 法语 / 英文字幕 / 数字高清录像 + 摄影扫描 +8mm 胶片 /7′45″

1956 年,一位名叫阿尔及利亚(Algeria)的青年并不知道前方等待他的究竟是什么。这位士兵透过一封封寄给他留在法国的兄弟的信,讲述关于战争的碎片式的记忆。

亚历山大·罗伊 Alexandre Roy

自1999年就开始将绘画、沙子、腌肉、夏威夷吉他、老式版画、俄罗斯塑胶花、汉堡鸡肉块等丰富元素带进自己的动画作品里。

虎 Tiger/2013/ 实验动画 / 彩色 / 无对话 /2′ 56″

来一场虎背上的旅行吧！（本片原声音乐源自杜马斯和他的乐队的现场录音。）

尚塔尔·杜邦 Chantal DuPont

生于蒙特利尔。1985年至2008年担任魁北克大学视觉与媒体学院副教授。作为一名跨学科艺术家，她曾参与多个国际影像节，在影像艺术领域做出了杰出的贡献。

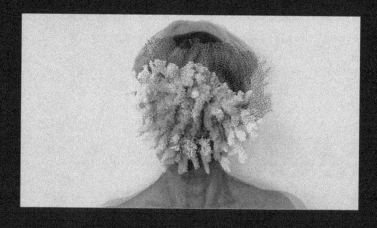

脸 Visages/2013/ 艺术录像 / 彩色高清 / 无对话 /2′ 14″

通过展现一系列的艺术家肖像，作者以幽默的方式探索并转换她嘴里含着的物件。

埃莱奥诺·戈德堡 Eleonore Goldberg

法裔加拿大籍导演、动画师和漫画家。她发表过图像小说，也在国际影像节上展示过自己创作的短片。

徘徊·天涯 Wandering（Errance）/2013/ 动画 / 黑白 / 无对话 /6′ 11″

一个流亡中的女人，有着模糊又深刻的记忆。当她将自己锁在浴室里的时候，她回到了过去，也复刻了她生命中的往事。

约阿希姆·贝朗格 Yoachim Belanger

来自加拿大蒙特利尔的跨学科艺术家,他的作品探讨的主题是人的身体与情绪。

行进中的女人 Women Walking/2012/ 虚构片 / 实验影像 / 彩色 / 无对话 /7′38″

不同年龄的女性从一片暗影处出现,然后一起朝光亮处走去。她们受到自身直觉的导引,也将面对和超越自身局限。这是一部向女权运动致敬的影片。

费利克斯·拉热内斯 Félix Lajeunesse
保罗·拉斐尔 Paul Raphael

蒙特利尔的多媒体编导二人组。他们以创新的叙事方法,通过视频装置和多媒体环境,与合作者在世界各地制作、展示他们的电影和广告来挑战媒体之间的界限。

闪耀的河 The Sparkling River/2013/ 虚构片 / 彩色 /3D 数字 / 英文字幕 /18′

一个封闭的羊驼农场主和一个年轻的中国女人在意外情况下相遇。这部由神秘的科幻元素组成的戏剧是一部挑战传统分类法的 3D 电影。

皮耶尔-菲利普·谢维尼
Pier-Philippe Chevigny

魁北克一位年轻的导演、编剧和剪辑师。他的电影对魁北克的当代社会政治问题有着显而易见的迷恋，如移民、种族主义和抵制社会不公平。

塔拉 Tala/2013/ 虚构片 / 彩色 / 法语 / 英文字幕 /12′33″

塔拉是一个年轻的菲律宾女佣，在蒙特利尔北岸一个中产阶级家庭里工作。有一天当她处理日常家务，并应付雇主的怪癖时，一个意想不到的电话让她面临被解雇的风险。作者受加拿大联邦政府"住家保姆"计划的启发，通过单个长镜头的拍摄，讲述了一个微妙的压制与再赋权的故事，以此叩问"庶民"（subalterns）问题是否依然存在于加拿大魁北克的现代生活中。

一个长镜头中的批判现实主义：菲佣题材短片 *Tala*

文 / 刘希（香港中文大学文化与宗教研究系副研究员）

　　最近有幸参加你我空间艺术团体在小洲人民礼堂主办的活动，加拿大独立电影导演和策展人林赛·锡伯杜最近策划的一个名为"新制图学：数字人文与现实"影展即将在小洲村开始中国地区的第三场放映。林赛·锡伯杜向观众介绍自己拍片及策展的经验，同时介绍这个影展的特色：诸多数字技术带来的新的电影叙事手法和以六个主题章节进行呈现的新影片类型。

　　在介绍完毕后，林赛·锡伯杜特意选择一部新人皮耶尔-菲利普·谢维尼拍摄的虚构短片 *Tala*，作为"流亡：亚洲面孔"（Exile: Profile of Asia）这个章节的代表放映，并倾听大家的意见。*Tala* 呈现的是一个菲律宾女佣的一个简短的生活场景，全片由一个长镜头完成，Tala 是女主角的名字，她是一个加入加拿大联邦政府"住家保姆"计划而从菲律宾来蒙特利尔做家佣的年轻女性。短片叙事节奏非常快，Tala 从自己的卧房被叫进厨房和客厅做事，几分钟内被呼来喝去，周转于餐台、冰箱、橱柜、厨房水槽和客厅。除了男女主人尖利的质询、命令和指责声音之外，还有一个急切的手机铃声让 Tala 更加慌乱——女主人跟她约定好只有休息时间才可以使用自己的手机，否则就会被炒鱿鱼。她不断按掉电话，而电话却一再打来……

　　短片被策展人林赛·锡伯杜纳入"Exile: Profile of Asia"这个主题中，不论将 exile 译作"被放逐""背井离乡"还是"流亡",短片对亚裔底层女佣的工作压力和心理困境巧妙而有效的呈现都非常切题。住家女佣的生活与工作地点合一,她的物理空间和精神空间都在不断被挤压,短片开头即是女主人闯入正在更衣的 Tala 的卧室发号施令。从"私人领域"至"工作场所",她不断被新的指示和要求所驱逐,从一个地方被赶去下一个地方。住家女佣不仅要把劳力出卖给加拿大这个中产律师家庭,需要掌握诸如分清玻璃杯与水晶杯的不同洗法,以最快的速度告诉主人她的不同私人物件在哪里,陪小主人一起玩电脑游戏等新技能,而且还要最大限度地交出自己的私人空间与时间,最后这点正是让人最压抑的地方。结尾处 Tala 终于鼓足勇气接听了电话,然后冲去客厅更换了电视频道,背井离乡的她看到了更大的流亡景象——家乡的人民在风灾中流离失所,而新闻中的统计、总结和画面却无法让她获知自己亲人的具体遭遇。当自己的族群和国家终于在受雇家庭中可见(visible)的时候,却只是一个整体的灾难报道。最后这一刻,身处富庶海外家庭的 Tala 跟家乡一样流离失所,并在精神上更加不知所终(dislocated)。

  林赛·锡伯杜说这是一个发生在加拿大的故事,却可以引发不同国家不同观众对此主题的共鸣和反思。这种反思可以不只是中产阶级的自私伪善,影片结尾小主人的表情变化(从不满到同情)也许预示着较平等的雇佣关系发生的可能。但是海外 Tala 们被次等化(inferiority)和他者化(othering)的境遇不是雇主们的个人选择所决定和所能改变的,而是更大的全球化时代的劳工、族裔、阶级和性别问题的一个小小缩影。

  林赛·锡伯杜的影展即将正式开始,我们期待看到这个主题和其他五大主题下的更多电影。诸多新的电影手法和叙事类型如何表达和呈现相似的主题,应该是"新制图学:数字人文与现实"影展最吸引人的地方。

特别加映：归家之路

艺术家：林赛·锡伯杜（Lysanne Thibodeau）
展期：2015/11/22—11/29
地点：小洲人民礼堂

前言

由林赛·锡伯杜策划的"新制图学：数字人文与现实"项目在上海、南京展映后，如期来到广州。其中9部作品在你我空间的安排下，作为"小洲动态影像计划"的一部分在小洲人民礼堂展播3周有余。为使观众对该项目有更深入的了解，你我空间在开播之日便组织了以展览为题的讲座活动，并邀请项目策展人林赛·锡伯杜针对项目的策划和作品的选择，以及听众提出的问题进行详尽的解答。

正如我们所了解的那样，在国际当代艺术版图中，加拿大并非一般意义上的主流中心，甚至可以说相当边缘。也许正是这种边缘状态触发了林赛·锡伯杜对其境遇的思考，并以新媒介艺术创作为切入口，用24部内容丰富的影像艺术作品构成五大主题，内容涉及身份、战争、流亡、文化和科技，全方位地展现加拿大当代艺术家们的创作实践，凸显他们对世界的感知和质疑。

林赛·锡伯杜曾旅居德国柏林长达15年，在那里，她制作了她的首批独立电影，并在欧洲多地组织了一批电影项目、沙龙和展演活动。在寻求不同种类的艺术表达方式的过程中，林赛·锡伯杜的探索和实验延伸到动态影像创作的方方面面，如散文电影、纪录片、虚构片、艺术家肖像，以及装置和音乐等。其中《归家之路》更是成为加拿大影像创作中的扛鼎之作。《归家之路》是一部意味深长的、让人沉思的、勇敢而奢华的有关希望与和解的散文电影，记录了林赛·锡伯杜出走、寻找、离开、归来的心路历程。10岁时，林赛·锡伯杜的父亲去世。5年后，母亲和哥哥也相继离去。为了从母亲、父亲和哥哥的死亡所带来的剧烈的家庭创伤中走出来，林赛·锡伯杜离开了蒙特利尔，在柏林流亡15年，在醉生梦死的生活中体验生命的变幻和无常。当她37岁重回家乡时，奔涌的记忆离奇地重组起童年的意象，作为导演，她开始重温过去并再次连接自己的根，那些围绕在她周围的活力诱发出一种再生的希望，促使她以电影为媒介，为自己体内孕育的新生命代言，述说生命的希望。作为对母亲的回报，林赛·锡伯杜生下了孩子，并由此引出对"时间是否真的能抹掉过去的记忆"的追问。

你我空间一直致力于促进策展人与艺术家、艺术家与策展人之间的换位思考，以期透过两者之间的交融和碰撞，引发人们对当代艺术不同视角的思考。正是出于这样的考虑，在"新制图学：数字人文与现实"项目展映即将结束之际，我们特别安排展映林赛·锡伯杜创作于2001年的作品《归家之路》，以此探讨艺术家与策展人身份转换的更多可能性。

林赛·锡伯杜 Lysanne Thibodeau

　　林赛·锡伯杜是一位来自加拿大蒙特利尔的独立导演、媒体艺术策展人,致力于探索实验电影、纪录片、剧情短片、装置及音乐等多元化的媒体艺术形式。林赛·锡伯杜毕业于康科迪亚大学,获得视觉艺术(电影制作)硕士学位。2015 年,林赛·锡伯杜获得加拿大艺术委员会的奖金,作为媒体艺术策展人来到中国开展驻留项目。

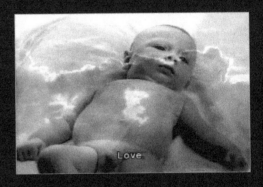

归家之路 Ode To A Journey Home/2001/ 散文电影 / 黑白 / 彩色 / 法语 / 英文字幕 /42′

"时间真能抹掉过去吗?长期流亡之后,我回到我的祖国,回到我的根,我记得……我 10 岁时,我的父亲去世了。5 年后,我的母亲和哥哥也去世了。21 岁时我出走,去找寻他们永远没有机会看到的事物。离开,回来,未来在召唤。作为献给母亲的一份礼物,我的回报是,我生下了一个孩子。"

本片曾入选 2001 年 Hot Docs 加拿大国际纪录片节。

新制图学：数学人文与现实

NEW CARTOGRAPHY:
DIGITAL HUMANITIES & REALITIES

主讲人：（加拿大）林赛·锡伯杜
独立制片人、媒体艺术策展人
Lecturer: (Canada) Lysanne Thibodeau
Independent Filmmaker, Media Arts Curator

主持人：胡震 杨帆
Hosts: James Hu & Fan Yang

2015/10/31 19：30—21：30
地点：广州市海珠区小洲人民礼堂
Location: The People's Assembly Hall, Xiaozhou Village, Guangzhou

主办：你我空间
Organizer: U&M Space

特别鸣谢： 媒体支持：

讲座 4.

新制图学：数字人文与现实

主讲人：林赛·锡伯杜
主持人：胡　震、杨　帆
翻译：符式浩
时间：2015/10/31 19：30—21：30
地点：小洲人民礼堂

　　2015 年 10 月 31 日晚 7 点 30 分，来自加拿大蒙特利尔的独立导演、媒体艺术策展人林赛·锡伯杜在你我空间进行了一场别开生面的讲座。来自广州各界的艺术家、学者都参与到讲座的热烈讨论之中。在讲座上，林赛·锡伯杜首先对你我空间能够与其合作开展她的国际影像放映展览计划表示感谢，并从其项目的发生契机、内容、方式、目的等方面为观众进行了详细的介绍。同时，作为加拿大影像艺术推广者，她希望能够促进作品与公众的交流，为激发新的对话语境创造契机，以助力当今媒体艺术实践并确认新的方向。此次展览她带来了来自加拿大的 Vidéographe 机构近期收藏的 9 部影像作品。为了方便海内外观众观看，大部分作品没有语言对话，而其他则分别以法语、英语、西班牙语和汉语为作品语言，并配有字幕。

讲座 5.

回应性机构：独立艺术空间的角色

主讲人：［英］庄艺勤（John Aiken）
对话嘉宾：黄小鹏
主持人：胡 震、杨 帆
时间：2015/11/13 14：30—17：00
地点：小洲人民礼堂

无论是从哲学层面还是从实际空间上看，形式多样的独立艺术空间一直处在既有艺术界的边缘地带。从19世纪巴黎的一批遭到法国学院派年度艺术展拒绝的艺术家确定在"落选者沙龙"展出作品并因此名声大噪开始，到现在的美术学院毕业生主动拓展他们工作室的业务和自我展示的机会，实际上都与主流艺术系统并存。

具有讽刺意味的是，绝大多数成功的领头者通常都可能被主流吸收，回到曾经要独立出去的主流之中。

一般来讲，作为回应性机构而创建的独立艺术空间，它们识别并满足艺术家与文化生态短期或长期的需求，以自我生长的方式，致力于为独立思想、批判意识与文化碰撞提供有价值的多样平台。

此次讲座着眼于伦敦及其他语境下独立艺术空间的发展状况，考察其作为回应性机构的角色与存在的意义。

庄艺勤

生于北爱尔兰贝尔法斯特市，在伦敦切尔西艺术学院完成了本科与研究生学业，并获英国驻罗马学院罗马奖学金（雕塑）。2012年担任香港浸会大学视觉艺术学院讲座教授及总监。曾任伦敦大学学院斯莱德美术学院总监。

第六回：新制图学——数字人文与现实

2015年11月13日15点15分，广州正淅淅沥沥地下着秋雨，你我空间迎来了来自英国、现担任香港浸会大学视觉艺术学院总监及讲座教授的庄艺勤教授。针对欧洲独立艺术空间作为回应性空间的发展状况，他在小洲人民礼堂进行了一场别开生面的讲座。黄边站的负责人之一、同时身为庄教授在英国斯莱德学院学生的黄小鹏，广州大学艺术与设计学院张亚平教授，艺术家及广州立一空间负责人方亦秀，艺术家覃岛，广州美术学院学生等参与了对话和讨论。讲座上，庄教授首先阐述了20世纪60年代以来一系列具有代表性的独立艺术空间及艺术运动，为梳理独立艺术空间生态的发展与反思当今独立艺术空间何去何从提供了宝贵的经验。他从自身经历的角度，对独立艺术空间的发展规律进行了总结：刚开始它们是边缘化的、鲜为人知的、自给自足并且是自发性的；若发展相对成功，它们的边缘化程度便会降低并为人所知、包容性增长以及得到政府机构的一些经济资助；若发展得极为成功，独立艺术空间至少从概念上会重归体制，它们会变得高调，包容性降低，对于资金赞助的依赖性增强，最终成为商业性空间进入主流之中。

杨帆、庄艺勤、黄小鹏（左起）在讲座结束后合影

【雅昌观察】小洲动态影像计划:"城中村艺术"蛰伏的力量?

2015/11/05 雅昌艺术网专稿
文 / 欧宝静

几年前,外界对小洲村的描述,基本脱离不了"素颜朝天的水乡姑娘""古雅破败的桥和建筑""安静的水流与奔跑的村童和猫狗"这些仿若世外桃源的用语。然而它也和全中国所有的城中村一样,面临着相似的命运——随处可见的房屋翻新和拔地而起的小洋房,房租飞涨,大大小小的美术补习班的出现与消失、消失再出现,见证的不仅仅是经济的兴衰,还有文化的起落。

有人说,小洲是"小广州",它包容与承受一切,而它对待艺术,甚至是柔软的。当时代的洪流一点一点地漫延在这个曾被誉为广州古村"精华版"的村落时,艺术或许并未立志要当一位历史记录者,但似乎一直默默地承担着一个"在地发声者"的角色。

自2015年6月起至11月初,从最初朱婷婷《我要见马英九》到加拿大专题影像展"新制图学:数字人文与现实",期间也迎来了张羽、何云昌、胡介鸣与胡为一父子等艺术家影像作品,以及对"女性视角""重返珠三角"等专题的深入研究,不知不觉,由胡震与杨帆发起的"小洲动态影像计划"已走到了第六回。在这近半年的时间里,当我们走进有着黄色外墙的小洲人民礼堂时,"人民公社万岁""高举毛泽东思想伟大红旗奋勇前进""跟共产党走全心全意为革命种田"以及"听毛主席话完全彻底为人民服务"等标语,伴随着那些正在放映的、依托数字建模等新媒体技术与艺术家观念结合的影像作品,不禁让人产生一种与时代隔空对话的感觉。

从小洲人民礼堂旁边的巷子往里边走,过了瀚墨桥,由刘可和樊哲联手创办的、有"亚洲最小的实验艺术空间"之称的腾挪空间就隐于民居中。如果你错过了刚结束的周力的作品展——"彩色的雨:9000颗雨滴的琥珀",也许还能偶遇吴天然或刘庆元的作品如何在这6平方米的小空间里呈现……

在2015年年初广东美术馆年度大展"机构生产:广州青年当代艺术生态考察"中,胡震主持了"在小洲:你想/你能干点啥?——2015小洲艺术生态抽样调查报告"单元。记得那时胡震说:"小洲生态越复杂,创作的可能性就越大。"而对于此次小洲影像计划项目,胡震依然强调:"小洲是广州艺术完整生态链的丰富补充。"

一、动态影像在小洲

在艺术家张羽眼中,小洲人民礼堂"别有一番味道,情不自禁地让人再次打开对那个时代的一些记忆"。2015年7月10日,张羽在此进行了"'指印'及其行为使我涉足影像表达"的主题讲座。彼时,小洲影像计划已进行到第二回"行为与影像共生"。在进场之前,他遵循当地习俗,自掏腰包花了2元钱购买一张入场券,通过这样一个仪式,来表达对艺术的尊重。

在昏暗的礼堂里,几束光聚焦在中心处,身后的大小银幕分别放映着张羽的《迷漫的指印》以及《上墨》等行为影像作品,讲座就这样开始了。张羽对创作这些作品的初衷、时代背景以及过程进行了阐述。对于张羽来说,日常经验的力量更强烈,从《迷漫指印》到《上墨》,他不停地重复，从肉身重复到"无我"的肉身重复，他一直扎根在日常化的实验中。张羽说："如果我们用一个压缩的方式来看，西方艺术史的逻辑实际上可分为四个阶段：现实主义阶段、抽象和表现主义阶段、综合媒介阶段以及整体艺术阶段。而中国的当代艺术走到今天，只走到了第三个阶段。"这大概也是近年综合材料创作尤其是影像艺术在国内大热的缘由，而这样的时代背景与氛围，赋予小洲影像计划实施的可能性。

除张羽之外，同样参与小洲动态影像计划第二回"行为与影像共生"的艺术家，还有今年（2015年）广州美术学院实验艺术展首届本科毕业展上因《100天的延续》大放异彩的何利校，以及在校生贺莉，当然还有目前在行为艺术领域创作极具张力与影响力的何云昌，等等。这种将"大腕"与在读青年艺术家编排在一起的方式并不多见。胡震说："这的确不是常规的做法，但我们不是以艺术家的身份或影响力去作为衡量的标准，而是试图通过作品去形成对话。"

其实这种依靠作品的对话，早在第一回时便已鲜明地呈现出来。朱婷婷的《我要见马英九》与乌托邦小组策划的朝鲜国际微电影节项目，共同阐释了第一回主题"彼岸"；而在计划进行到第三回时，林妮·玛舒（德）、米歇尔·亨德尔曼（美）、阿格妮丝卡·波尔斯卡（波兰）等国际艺术家，与国内艺术家袁素、崔岫闻以及吴超、秦晋两位广州本土艺术家作品，又形成以"女性视角"为主题的新对话。胡震说："第三回并不是关于女权的狭隘讨论，而是以女性视角提出命题，探讨她们对世界的体验。第四回则是胡介鸣与胡为一父子的作品对话。胡介鸣代表了传统一代，胡为一则代表新生一代，从他们之间的创作关系，我们可以看到中国影像艺术从20世纪90年代到21世纪近十年来的发展脉络。"

影像计划进行到第五回则以"回返珠三角"为切入点，项目邀请了胡斌担任专题策展人，组织收集包括陈果和麦曦茵、欧宁和曹斐、周滔、周浩早期和近期有关珠三角的影像作品，以此构成对于"珠三角"的重新思考。

"小洲村有着城市边缘村庄的特质，同时又处在一个被城市化进程极快的氛围笼罩的环境中，而珠三角在某种程度上和小洲村的这种气息一致，因为之前有关珠三角的话题就是城市化进程与乡村之间的纠葛关系。当然，关于珠三角的影像也不少，而我们希望在'回返珠三角'这样一个专题中看到一种时代进程的变化。"胡斌说，"珠三角鲜活、多元并具有全球性特征，大概在1998年库哈斯就做过一个关于珠三角的调研，2005年广州三年展同样也在谈珠三角，如今十多年后我们能明显地感受到珠三角的变化，曾经的'生猛'与张力似乎柔和了很多，所以我们才把主题定为'回返珠三角'，正是回返这样的一个历程，以艺术的方式对时代的变迁与社会景观做一个直观反映。几位艺术家的角度和方式都不一样，与区域发生的联系也各有不同。"

而影像计划第六回，则是加拿大专题影像作品展——新制图学：数字人文与现实，内容涉及身份、战争、流亡、文化和科技……项目发起人胡震与杨帆说，如果以一年为期去衡量，路才走了一半；如果从研究的角度出发，路远远没到尽头。

二、一拍即合的"你我空间"

小洲人民礼堂兴建于1959年，是全村男女老少一砖一瓦建起来的。早在五六年前，礼堂就已经与行为艺术有着千丝万缕的联系。2014年年底，从来不缺乏热闹的小洲人民礼堂迎来第五届"广州·现场"国际行为艺术节。几年下来，"广州·现场"国际行为艺术节通过行为艺术的方式，探讨时间、空间、性别等不同命题，并充当艺术家与观众的桥梁。而使国际先锋艺术与传统的小洲连接的纽带，正是签下小洲人民礼堂十年使用协议的张盾。"小洲村有很多艺术家，艺术氛围很浓，但是却很散，需要一系列的展览来整合。"张盾说。

"除了'广州·现场'国际行为艺术节，小洲人民礼堂基本空置，出于友情赞助，张盾把这个空间出借给我们使用。"杨帆解释道。曾在20世纪90年代后期到美国旧金山高等艺术学院读研专攻绘画的杨帆，在美国一待就是五年，其间他还深入了解了当代画廊的运营机制，近距离接触西方当代艺术的发源地。回国后他任教于广州美术学院设计学院，并持续进行绘画创作。不同的身份转换为他提供了一种"跨界"视野。

杨帆自2008年起一直生活在小洲村，胡震把他归为"自我边缘"的那一类艺术家，"杨帆既在艺术圈里，但又没有完全进入。过去的经验与当下的观察，使他对艺术发展态势有自己独到的判断"。大概也是基于这种"独到的判断"，长年在艺术领域游走的胡震，与杨帆发起小洲动态影像计划可谓一拍即合。当然，项目发起的支点，便是"你我空间"。

在胡震看来，小洲缺乏常规中完整的生态链，而只有形成良性循环，才有艺术再生的可能性。"我一直强调，艺术的生态系统由艺术家、美术馆馆长、批评家、策展人、画廊主以及收藏家等人群构成。然而在对整个艺术生态系统的常规思考与表述过程中，我们是否淹没了很多鲜活的力量？基于此，我们希望有一个非常规的、自由度更大的空间，去为这个系统提供不一样的内容或做一些补充，于是我们就在小洲创办了你我空间。"胡震说，"艺术应有一种点石成金的魅力，诱发我们因地制宜地做一些事情，而动态影像无疑是与小洲的环境以及当下氛围最契合的艺术展示形式。相比其他创作形式，影像艺术目前受商业的冲击还不是很大。之所以把小洲动态影像计划限定为一年，而不是普遍意义上的一个影像展，就是希望以不同的方式去进行一个项目，在一定程度上尽可能让更多人介入，通过动态影像的方式去呈现我们所理解的当代艺术。"

没有嘉宾满座的开幕剪彩与发言，没有酒会，几台机器、几个屏幕就撑起了六回的动态影像展映。然而，因为志同道合而聚在一起，这样的交流在这里并不缺乏。"我们希望尽量简化仪式，用有限的能力与精力，持续地、长久地把影像艺术发展下去。只有持续下去，才能发出它应有的声音。"杨帆说。据不完全统计，项目开展以来，每天平均有四五十人花钱买票进来观看。"但是，仅仅展映是不够的，所有的一切，最终都应落实到文献档案中，所以才有了我们目前整理的《你我e档案》等栏目。"胡震补充道。

三、艺术生态链的鲜活补充

20世纪90年代，小洲村被评为"广东省历史文化名城保护村"，岭南画派大师关山月、黎雄才看重此地，发起组建小洲艺术村。至今已有五六十位老画家、书法家居住在村内的艺术家别墅小区。而到了21世纪初，一岸之隔的大学城落成，大学城里众多高校艺术门类的师生选择村内租金便宜的民居作为工作室和居所。如今的小洲村，尽管随着城市化的进程而无法恢复原有的宁静，但在这里依然随处可见各种各样的艺术工作室，以及评论、诗歌、电影等，小洲村从容地接纳着不同的艺术门类。

"小洲的艺术生态多元、复杂，可以说是建立在一种旅游、饮食等悠闲基础上的经济文化形态。这里的艺术家分为两种类型：一种是早期进驻小洲村的传统老一辈艺术家；另一种则是后来的当代更偏年轻化的艺术家。除此之外，美术考前班与各种创意小店等也形成了一条生态链。"胡斌说。然而，最吸引他参与小洲影像计划的，却是其他原因，"其实在毛泽东时代甚至是很长一段时间，在乡村看电影都不像如今这样方便，家里也没有电视，村民都是搬着小板凳聚在村子某个地方比如礼堂里看电影。在有着浓厚时代痕迹的小洲人民礼堂里进行动态影像实践，通过这样一种方式建立当代影像与民众之间的关联。因为说到底，当下大多艺术都是一种精英化的产物，那么我们能不能借助一个新的空间或艺术方式，令这种人文性在当下重新被激活？这一点最吸引我"。

在这种语境下，杨帆的艺术创作亦在潜移默化地发生改变。曾长时间介入小洲动态影像计划的项目策划中，通过与艺术家及作品的在场交流，曾主攻绘画的杨帆，亦开始尝试用一些新的媒介进行创作。因父亲与他一起生活在小洲村，那里的环境激发了他的创作欲望，他开始从平面向多媒介转移，创作了一组以"父亲"为主题的作品。

而自从小洲影像计划在小洲村启动后，艺术家、腾挪空间创办人之一的刘可就常跟胡震开玩笑说："我们都是这里的村民，您则是这里的宣传委员。"刘可认为在小洲村最难能可贵的是，这里的艺术家都把艺术当成生活的一部分，"一旦商业因素减少了，它就会朝着比较理想的或者说比较有建设性的方向走"。

只有6平方米的腾挪空间，位于有着小桥、流水、炊烟的石板老巷中。它采用封闭管理、橱窗式的展览方式，免费向艺术家开放，以融于居民和生活的姿态举办了68场独立艺术家的展览。胡斌说："腾挪空间作为一个橱窗式的空间，就像一颗钉子一样钉在社区空间中，让人无法回避，这也是和公众的一种关联。它的姿态是'我不争取公众来关注我，但我就在你眼前，成为你必经路上不得不看的一个介质'。"

身为艺术家的刘可，更清楚艺术家对空间的需求。他说自己是和合伙人拿卖画赚的钱来做这个空间的，如今虽然"房租有点涨价了，但还承担得起"。而近期，腾挪空间累积了七八年的文献展亦将在深圳盒子空间展出。

曾经在小洲村生活和创作的柯荣华，后来把工作室搬到了一河之隔的大学城，学校里"90后"的生猛与激情让他对目前的创作之地很满意。尽管如此，他还是会经常参与小洲村的艺术交流与讨论。他说："小洲影像计划项目落地，有效证明了小洲村并没有被边缘化，随着影像计划的辐射力度和明确文案数据的整理，它将越来越受到外界的重视。同时还将有很多艺术空间和优秀艺术家的加入，小洲村已经越来越接近国际化语境范畴。随着时间的流动，小洲影像计划项目的不断努力，在未来将更加印证小洲村的艺术生态环境创作所带来的学术和人文价值。"

诚然，小洲村的艺术每天都上演着她的活色生香，而小洲动态影像计划在其中是起到了牵头推动作用，还是起到了整合小洲零散艺术的作用，还有待定论。然而，无论怎样发展，或许小洲村本来就应该是"特立独行"的，如果哪天被所谓主流模式规范化，它也就失去了艺术因地制宜的个性魅力。

第七回：韩国艺术家电影与录像

艺术家：Kim Yoon-Tae
　　　　Inan
　　　　Lim Chang-Jae
　　　　Lee Jang-Wook
　　　　Byun Joe-Kue
　　　　Wang Sun-Sook
策展人：[韩国]李幸俊（Hang Jun Lee）
主办：你我空间
展期：2015/12/07—12/19
地点：小洲人民礼堂

前言

　　2015年9月，李幸俊联手Hyun Jin-Cho和英国泰特现代美术馆策展人乔治·克拉克共同组织策划了"植入：1960年代以来的韩国艺术家电影和录像"的项目展映和讲座活动。此次展映试图揭示20世纪60年代以来韩国实验电影和艺术家制作的动态影像的特质。这一系列作品聚焦于韩国艺术家处理影像本质状态的方式，即持续性和集体的观看经验，以及变化的社会和政治语境所界定的艺术家的创作方法。展映试图勾勒不同时代影像的连续性以及艺术家组织所发挥的关键作用，从先锋群体例如20世纪60年代和70年代的前卫派（Avant-Garde）、第4小组（The Fourth Group）和Kaidu女子电影小组直至目前还在持续进行的首尔国际实验电影节（EXIS），它们对韩国艺术家进行电影和录像实践起到了重要的作用。该项目将在李幸俊驻留期间开始在你我空间展映。

李幸俊

　　韩国实验影像艺术家、独立策展人、韩国首尔国际实验电影节（EXIS）的发起人和项目总监。

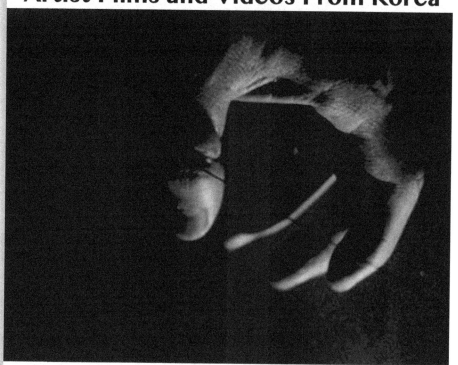

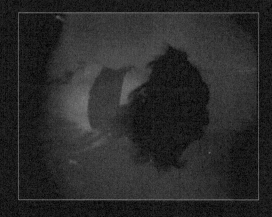

Kim Yoon-Tae

湿梦 Wet Dream/1992/16mm 胶片 / 彩色 /15′

Inan

摇晃的日记 Swing Diary/1996/ 单频录像 / 彩色 / 黑白 /13′

Lim Chang-Jae

越过我 Over Me/1996/16mm 胶片 / 黑白 /18′

Lee Jang-Wook

记忆的表面，表面上的记忆
Surface Of Memory, Memory On Surface/
1999/16mm 胶片 / 彩色 / 黑白 / 无声 /23′

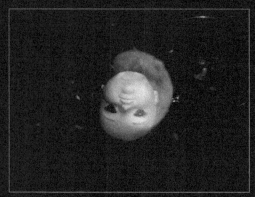

咪咪 Mimi/2000/DV/ 彩色 /10′

Byun Joe-Kue

移动的全景图 Moving Panorama/2005/ 多频录像 / 彩色 /4′

Wang Sun-Sook

闯入的眼泪 Breaking Into Tears/2009/ 单频录像 / 彩色 /6′30″

讲座 6.

隐藏的文本：亚洲实验电影与录像

主讲人：［韩国］李幸俊
主持人：胡 震、杨 帆
翻译：全美玉
时间：2015/11/29 15：30—17：30
地点：小洲人民礼堂

为增进与广州本土艺术家和众多影像艺术爱好者之间的交流，李幸俊于 2015 年 11 月 29 日在小洲人民礼堂你我空间做了一场题为"隐藏的文本：亚洲实验电影与录像"的学术讲座，重点介绍了亚洲实验电影的历史，包括雅加达、马尼拉、首尔、中国台湾和中国香港等城市的实验电影，并分享近年来在此领域的研究成果，由此延伸出对 20 世纪 50 年代以来的韩国实验电影和录像艺术的探讨。

李幸俊影像艺术工作坊：看不见的房间

主持人：黄小鹏、李 耀
翻译：全美玉
主办：黄边站当代艺术研究中心
　　　你我空间
时间：2015/12/06 15：00—18：00
地点：黄边站
　　　广州市黄边北路向荣街338号

　　作为"扩延电影"概念的开拓者和实验人，来自韩国的艺术家兼策展人李幸俊的作品以多重投影和"光声"为基础，通过16mm多重投影的拼贴和即兴的现场演绎，呈现出一种"扩延电影"的精神。与传统意义上的电影观看方式不同，观众的眼睛不再限定于恒速的单屏播放模式，而是游走在那些重叠的、移动的和变速的众多影像当中。作品会因每一个现场环境而有不同的变化，从而产生一种虚拟影像和实体空间的交错对话。

　　此次，在黄边站当代艺术研究中心和你我空间联合主办的工作坊中，李幸俊将聚焦于历史上前卫电影实践中的"泛影像事件"，在特定时空条件下以行为介入的方式，针对"电影在哪里"而非"电影是什么"的质疑，探讨电影作为技术、文化和空间的概念，而非仅仅基于时间而存在的艺术形式问题。

李幸俊分享会：我的当代影像实验

主持人：胡震、杨帆
翻译：全美玉
主办：Maker艺术机构＋你我空间
时间：2015/12/06 19：30—21：30
地点：来回咖啡
　　　广州市天河区天河南一路84号

　　12月6日晚，韩国艺术家李幸俊在"来回咖啡"介绍他传承自20世纪70年代实验艺术的影像创作，并在现场进行了一次精彩的胶片电影行为展示。分享会当晚，多位青年艺术家和策展人到场，与李幸俊积极交流；广州美术学院胡震、杨帆共同主持了本场活动；华南师范大学、"黄边站"创建人黄小鹏也参与了讨论，并发表了自己的观点。谈到自己的艺术创作时，李幸俊认为音乐对他的影响甚至是大于电影的。他对实验影像艺术的探索是延展性的，而不是颠覆性的，他只是试图去解释这一艺术领域的另一种可能。

　　从你我空间、黄边站到来回咖啡，李幸俊从实验电影的发展脉络到个人跨界实验的现场展示，为我们提供了一种重新看待16mm胶片电影的另类视角。他对语言、图像和声音关系的探讨，也为正在对这一部分艺术领域进行探索的艺术家带来了启发。（摘自雅昌艺术网专稿）

第八回：冲积——长江三角洲实验影像新作展

艺术家：丁世伟、洪 潇 + 刘 鑫、沈 杰、许 翔、钟 甦
策展人：曹 恺
主办：你我空间
展期：2015/12/23—2016/01/09
地点：小洲人民礼堂

前言

文 / 曹恺

　　长江三角洲是中国实验影像的起源地。实验影像始自 20 世纪 80 年代末期的古典录像艺术，发展至今，已经走过了 20 多年的历史。历史潮流浩浩荡荡，世代更替，人才辈出，冲积出了一片浩瀚的实验影像创作的新陆地。
　　来自中国美术学院的丁世伟的作品多以二维手绘动画为载体，语言精微，寓意黑色，具有深刻的历史批判意识。同样来自中国美术学院的钟甦则以三维动画创作见长，画面繁复幽暗，质感深沉厚重，善于运用横向长镜头表述其作品的政治隐喻。任教于南京艺术学院的许翔多年来一直以定格延时为自己的创作手法，但这次却用一种直逼内心的特写镜头展现了"瞬间"的残酷美学。沈杰是近年来较为突出的年轻动画艺术家，他的作品胆大妄为、不拘一格、犀利而充满力度，令人难忘。这几位艺术家中，生于 20 世纪 90 年代的刘鑫最为年轻，但他的作品却呈现出与其年龄不符的成熟。此次他和洪潇合作的新作展现了新一代实验电影人的勇敢和探索。
　　简而言之，冲积，不是一次就能成形的，内蕴着一种反复的经验。此次影展，揭示的仅仅是长江三角洲影像新势力的一角，其背后是更为宏大的一片冲积陆地，让我们拭目以待。

曹 恺

　　艺术家、独立策展人，中国独立影像展（CIFF）发起人、总监。

小洲动态影像计划第八回
冲积
长江三角洲实验影像新作展

策展人 曹恺

参展艺术家
丁世伟（杭州）
洪潇 刘鑫（杭州）
沈杰（上海）
许翔（南京）
钟甦（杭州）

2015.12.23 — 2016.01.09
周一—周五13:00—17:30　周六 周日10:00—17:30
地点：广州市小洲人民礼堂你我空间

特别支持：33当代艺术中心

你我空间　特别鸣谢：时代美术馆　33当代艺术中心
媒体支持：艺术当代　艺术版图　289艺术风尚　美术报　WORLD ART　Artron.Net　艺术国际

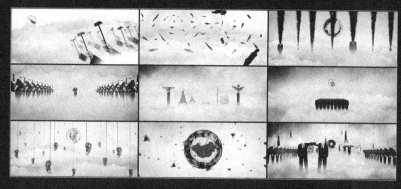

再见乌托邦 /2014/ 动画 / 黑白 /7′ 31″

在人类古老的记忆中，上帝在西奈山上给摩西颁发戒律时说："不可杀人。"而后尼采告诉我们："上帝已死。"人类创造神，也毁灭神。我们"分娩"自己，也"手刃"自己。

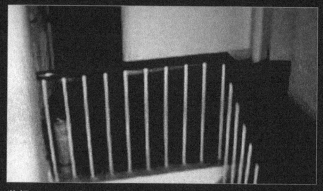

监视 /2015/ 双频录像 / 黑白 / 无对白 /4′ 25″

短片讲述了眼球与播放媒介之间的关系。当我出现在我的视野中，我意识到我的出现以及我对视野中自己的陌生感，将因素改变，出现本该存在的线条，线条出现在我的身上，出现在狗的身上，线条是我眼中的隔层，将我隔离于身处的空间之外。

马 /2013/ 动画 / 彩色 / 无对白 / 英文字幕 /4′ 17″

短片呈现了五个与马有关的小段落。
该片2014年参加法国昂西动画节短片竞赛单元、萨格勒布动画节短片竞赛单元、渥太华动画节实验动画竞赛单元和Animatou日内瓦动画节竞赛单元评选。

丁世伟

生于黑龙江，2012年毕业于中国美术学院，获学士学位，现居住和工作于杭州，主要研究方向为实验动画、实验影像。

洪　潇

1985年生于浙江宁波，英国考文垂大学媒体制作专业硕士。现任教于杭州师范大学钱江学院，研究"实验影像"及"物影摄影"。

刘　鑫

1992年生于山东济南，2015年从杭州师范大学钱江学院广播电视编导专业毕业。现工作、生活于北京，研究"实验影像"及"物影摄影"。

沈　杰

1989年生于上海，2012年毕业于上海应用技术大学，现于一家广告公司工作，业余时间从事动画创作。

七秒 /2014/ 单频录像 / 彩色 / 无对白 /8′ 30″

许 翔

江苏海门人，毕业于南京艺术学院传媒学院数字媒体专业，获硕士学位，南京艺术学院传媒学院摄影与影视制作系教师，从事实验动画与实验影像的创作与研究。

送儿子上幼儿园的路上，路边一小贩妇女吆喝着："野生的鹌鹑——"兜里活蹦乱跳的鹌鹑，在买卖之间，七秒，就七秒……

《七秒》通过高速摄影机和高灵敏话筒放大手撕鹌鹑的这一过程，探讨物欲横流的社会人对常态化行为麻木的思考。该片曾获 CIFF 实验影像组十佳影片奖。

地久天长 /2015/ 动画 / 彩色 / 无对白 / 无字幕 /7′

钟 甦

2005 年毕业于四川美术学院油画系，2008 年毕业于中国美术学院新媒体艺术系。

《地久天长》没有拍摄计划，总是通过搭建模型来构思下一个镜头，过程很慢，中间做好的模型甚至角色，最后很可能都没有使用。但我想这或许是得到下一个镜头的必经之路。总的来说，我希望片子里有某种影像的不确定性，同时还应包含某种自我的"公正"。该片 2015 年获首届圈子艺术青年展优秀奖。

特别放映：景观的符号政治——居依·德波电影观摩及研讨会

艺术家：［法国］居依·德波［Guy-Ernest Debord（1931—1994）］
主讲人：朱　其
主持人：胡　震、杨　帆
主办：你我空间
电影观摩：2016/01/15 11：00—17：30
研讨会：2016/01/16 14：30—17：30
地点：小洲人民礼堂

居依·德波不仅将电影看作一个文本，而且将一切公共空间和公众文化目之所及的视觉符号都看作一种景观的符号政治，此即一种总体主义的视角。除了直接的政治表演如国家典庆仪式、奥运会开幕式、政党的造势大会等，德波将消费主义的视觉符号也看作一种符号政治，包括广告、时尚摄影、好莱坞影像、公共建筑等。将一切视觉对象看作一种整体主义的语言操纵体系，缘于两个理论的影响：①法兰克福学派的文化工业理论及葛兰西的大众文化霸权概念；②从列维·斯特劳斯到罗兰·巴特的结构主义符号学。

朱　其

著名艺术批评家、独立策展人、博士、中国国家画院理论部研究员。

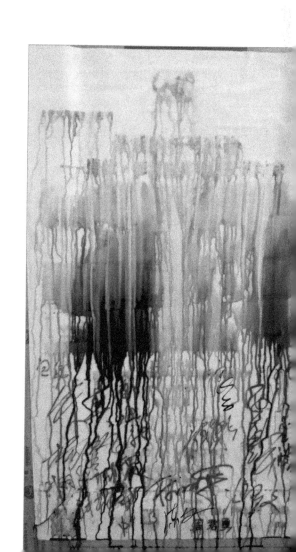

居依·德波（1931—1994）
Guy-Ernest Debord

法国哲学家、马克思主义理论家、国际字母主义成员、情境主义国际创始者、电影导演。他曾是左翼组织社会主义或野蛮的成员。德波生于巴黎，幼年丧父，母亲将他托付给住在意大利的祖母。中学就读于戛纳，开始对电影产生兴趣。19岁时他加入字母派，并在20世纪60年代推动了情境主义国际的发展，影响了当时的法国学生运动，他撰写的《景观社会》也在那几年出版。1972年情境主义国际解散，德波开始关注电影制作。

隆迪的狂吠 / 为萨德疾呼
/1952/ 黑白 / 法语 / 中文字幕 /63′30″

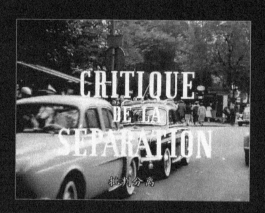

批判分离
/1961/ 黑白 / 法语 / 中文字幕 /17′22″

关于在短时间内的某几个人的经过
/1959/ 黑白 / 法语 / 中文字幕 /18′48″

景观社会 /1973/ 黑白 / 法语 / 中文字幕 /87′16″

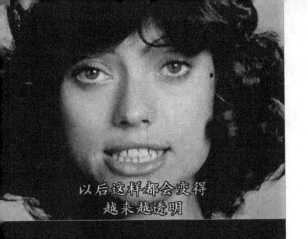

驳斥所有对《景观社会》电影的判断，无论褒贬
1975/ 黑白 / 法语 / 中文字幕 /21′ 12″

我们一起游荡在夜的黑暗中，然后被烈火吞噬
1978/ 黑白 / 法语 / 中文字幕 /95′

布里吉特·康南德 Brigitte Connand / 导演

居依·德波的艺术与时代
/1995/ 纪录片 / 黑白 / 法语 / 中文字幕 /60′

讲座 7.
朱其：景观的符号政治

文字整理 / 杨　帆、河　夫

很多人看过居依·德波的作品，但没有看过他的电影，其实如果看他的电影，对他的作品的理解会更直观。德波在今后当代艺术圈的影响会越来越大，他的理论涉及很多跨学科的议题，包括符号学、文本叙事、消费社会理论，以及先锋电影，这对中国当代艺术特别有启示意义。

中国当代艺术在经历了 30 年后，基本掌握了西方的媒介手段和语言形式，现在连美术学院的实验艺术系学生都知道，做当代艺术需要在这里放一个投影仪，那里放一台电视，还知道观念摄影。现在所有的媒介手段大家都会使用，但主要欠缺的是思想，艺术作品的思想性不够。我们处在一个这么好同时又这么复杂的时代，它其实给艺术提供了许多思想资源和经验，但现在的艺术家普遍缺乏对现实的一种认识能力。首先是不能从现实经验中总结出自己的思想，其次是不能把思想转换成一种语言形式，现在这两个环节我们做得很不够。

德波生前并不出名，他与约瑟夫·博伊斯、约翰·凯奇差不多在同一个时期，在 20 世纪 60 年代中期到 70 年代中期这 10 年，这 10 年正是西方现代主义结束，后现代主义尚未开始的转型过渡时期。在这个过渡时期，我觉得波普艺术倒不是最重要的，因为波普艺术（简称"波普"）的基本方式还是达达主义（简称"达达"）。达达在 20 世纪 20 年代的方法就是拼贴，挪用现成品和现成图像，波普实际上是把图像挪用的范围扩大到明星和商品包装的形象，然后把这些形象跟达达的拼贴和超现实主义的方法组织在一起。所以，后来阿瑟·丹托在《艺术的终结》一书中把波普称为"新达达"，理论上也可以把波普艺术看作20世纪20年代达达在"二战"之后的一种延伸，因为它的基本方法是达达的，只不过注入了消费社会的内容。到了60年代后期，有两个群体：一个是纽约和杜塞尔多夫的激浪派，激浪派可以算是新达达；另一个群体是巴黎的字母主义国际，后来演变为情景主义国际。激浪派在欧洲以德国的博伊斯为主，在美国以凯奇为主，他们做艺术的方法也都来自达达。达达几乎是20世纪大部分先锋艺术的一个方法源头，20世纪10年代末，瑞士的苏黎世达达几乎贡献了后来所有先锋派艺术的方法，像行为艺术、拼贴、抽象艺术、实验电影，等等。后来巴黎的超现实主义也是从达达分出来的，布勒东早期是达达的成员，只不过后来他分离出来，成立了超现实主义流派，因为阵营之分，他以后就不提达达了，但超现实主义实际上是达达的一个分支。

德波属于字母主义国际到情景主义国际这条线。但德波在整个20世纪80年代以前并不出名，当时博伊斯和凯奇名声大噪。其中一个原因在于德波不愿意让自己的电影传播，甚至不愿意让自己的名字出现在公共媒体上，连照片都不让发。他一生只在媒体上发过3~4张照片，而且故意弄得有点模糊，他不愿意让大家知道他真人是谁。另一个原因是德波当时有一个崇拜者投资他拍了7部电影，还专门为他建了一间电影院，只播放他的电影，这位投资人后来被枪杀了（原因不明），所以，德波为了尊重他，不愿意让自己的电影大量传播，甚至到现在连版权问题都未解决，不允许公开发行和放映。德波是在死后20年，他的著作和情景主义国际的文献才得以传播，然后大家很惊讶，才发现他虽然是一名诗人，《景观社会》一书却具有思想家的水准，而且对后来法国68学生运动产生了很大的影响。

德波不仅是一个艺术家和诗人，也是一个思想家。他不仅影响了当时的68学生运动的一些学生的思想，还影响到鲍德里亚的消费社会理论和戈达尔的电影。德波可以说是"二战"后的现代主义结束，结构主义和后结构主义开始，后现代主义尚未真正到来的转型阶段的一个转折人物。今天看来，在这个转折阶段，博伊斯的"社会雕塑"理论比起德波就显得简单化了，"社会雕塑"这个概念还是比较直接的政治态度的表达，还谈不上具有思想性。而纽约达达，凯奇则有点东方主义，他从铃木大拙的日本禅宗中吸收了偶发艺术的概念，他的东西更多属于20世纪西方现代主义的东方主义。20世纪西方先锋派的主线是现代主义，从立体主义、超现实主义到概念主义、极简主义，副线是东方主义，像印象派，包括马蒂斯、高更的装饰主义的色彩，到50年代马瑟韦尔、克莱因、塔皮埃斯的抽象表现主义的书法派，他们是从亚洲的禅宗、书法和水墨中吸收元素，激浪派也属于这一路。除了现代主义和东方主义，德波另一个重要的贡献就是消费社会理论，美国的波普艺术还是一个艺术家的直觉行为，没有上升到思想高度。真正对消费社会的批判和语言的意识形态的思考，达到思想高度的还是法国的情景主义国际，是德波这个群体。今天来看，德波的思想水准要高于博伊斯、凯奇和安迪·沃霍尔，这个是不需要再讨论、不言自明的事情。

情景主义国际主要在法国活动，以德波这批法国人为主，当然它同时是一个欧洲的跨国群体，在柏林、瑞士、比利时都有分支、有团体，当时也创办了情景主义国际的刊物。情景主义国际的前身是字母主义国际，德波最早参加的是字母主义国际，它是一个先锋派的诗歌团体，是从法国先锋派诗歌这条线过来的。法国先锋派诗歌最早的是波德莱尔，然后是象征主义的兰波、魏尔伦，一直到未来主义的阿波利奈尔、马拉美。到马拉美的时候，诗歌就不再是一个纯粹的文学概念，阿波利奈尔和马拉美发明了一种新的诗歌形式——"视觉诗"，比如把两行字排列成一个菱形，从左右两边绕过来读都可以，他们开始把视觉图形和诗歌文本结合在一起。到马拉美和阿波利奈尔的阶段，诗歌的先锋派实验走到了文学和视觉的边界，再往下走一步就是字母主义国际。字母主义国际是把字母单独提炼出来，把一个单词提炼出来，没有句子，把诗歌切割成单词和一个个字母，用字母来做艺术作品，这时已经没有多少诗歌的界定特征了，而是进入了概念艺术的层次。20世纪50年代有两个流派跟文字和概念艺术有关：一个是法国的字母主义国际；另一个是美国的文字派概念艺术。像女艺术家珍妮·霍尔泽，以及布鲁斯·瑙曼在墙上写英文单句及字母，一个墙面除了句子没有别的东西，或者用投影把句子打到墙上，珍妮·霍尔泽用霓虹灯来做句子和概念，甚至在纽约时代广场的电子显示屏上做文字艺术，他们的艺术不要任何东西，就是文字和概念。概念艺术其实起源于字母艺术，在 50 年代非常盛行。还有一个比较盛行的是从激浪派开始的抽象与具象的混合形式，比如在抽象画上贴报纸、杂志上的图片和现成品，或是在具象的画面上画一些抽象的线条，把抽象和具象混合起来。2015 年，尤伦斯做过一个美国华裔艺术家刁德谦的展览，刁德谦就代表了从现代主义向激浪派转型的时期，相当于激浪派早期的一个语言形态，就是在具象里面穿插抽象，或者在抽象里面穿插具象，这个时期是现代主义已结束，当代艺术还没开始的过渡阶段。

　　德波差不多就是处在这样一个时期，当字母主义走到 60 年代中期的时候，德波觉得这样做会脱离社会，脱离政治意识形态，他认为艺术还是要讨论政治，要关注社会意识形态。但我觉得最近提出的"艺术介入社会"这个说法是不对的，艺术怎么介入社会呢？艺术介入的其实不是社会，例如你走上街头去维权，那是政治行为，不是艺术行为。艺术介入的理应是"话语"，艺术首先是话语政治，其次是意识形态政治。也就是说，艺术介入的是社会意识形态或是政治意识形态，而不是直接去介入政治斗争，搞街头运动，跟警察现场对峙，这些是政治行为。即使做一些鼓动社会抗争的宣传艺术，还是属于政治行动的一部分。德波后来从字母主义国际分离出来，成立了情景主义国际团体。严格地说，情境主义国际的源头还是达达主义，从概念上说是一种情境表演。达达主义在苏黎世时很重要的一个方面就是在街头做行为艺术，它把城市的空间场景也作为作品的一部分，不光是行为或表演本身，所以叫"情境表演"，即情境也是作品的组成部分。德波的"景观社会"概念的一个源头是达达的情景表演，西方在学术上讨论达达主义也有一个概念叫"情境主义"，20 世纪先锋派一个很重要的概念就是情境主义，即把所处的空间语境也作为作品的一个载体来看待，就像杜尚的作品《小便池》。小便池本身并不构成作品，把它放到美术馆才构成作品，因为美术馆这个情境也是他作品的一部分，单独一个小便池就是小便池，还不是作品，它成为一部作品不在于命名，而在于放到了美术馆，是这个体制空间使它从日用产品转变为"艺术品"。

　　现在国内翻译的"景观"这个词，从法语原义上讲并不太准确。德波的"景观"这个词有两层意思：一个是指图像，比如时尚杂志、报纸、电视、广告上的各种图像；另一个是指各种空间、建筑空间的景观，这两点大家比较容易理解。实际上它还有一层意思，指各种人群的集会仪式和聚集形态。在德波的《景观社会》电影中，法国国会议员在集会上演讲，他演讲时有各种作态、姿势，这种政治集会的仪式感也是一种景观。集会本身不是景观，但当集会的人群具有一种仪式感的时候，就变成了景观。所以，景观除了指报纸和电视上的影像以外，还包括建筑、城市雕塑、纪念碑这些实体形象，以及活的人群仪式，现代社会各种群体的仪式，或者有一定仪式感的群体的聚集形态。但"景观"这个词在汉语里面可能更多的是指城市规划、城市雕塑、纪念碑。也有翻译成"奇观"的，现在汉语里很难找到一个与法语相对应的词，"景观"这个词虽然不太准确，但已经用了七八年，在学术界和社会上已经约定俗成，现在暂时也改不了。有个学者准备把它翻译成"景象"，好像也不太确切，所以就不改了，我们对这个词注入一些新的解释就可以了。

　　德波的《景观社会》并不是一部严格意义的理论著作，它不像康德、黑格尔，以及后来的福柯、德里达的理论著作，它更多的是一部散文化的思想著作。但散文化的思想著作在一种学说或一种理论体系的开创时期是许可的，历史上有很多伟大的开创性著作，一开始并不像博士论文或理论著作那样从概念到体系都是非常严密的，其实都是散文化的。典型的像法兰克福学派阿多诺和霍克海默写的《启蒙辩证法》，其中在"作为大众欺骗的文化工业"这一章，阿多诺谈到了所有"二战"以后的文化工业的问题，谈到关于明星、广告、电影、出版业、广播电台和流行音乐的问题，除了当时还没有出现的电视和网络没有提到以外，这本写于1935年的小册子，预测了从魏玛、纳粹到"二战"后出现的文化工业、消费社会的现象，虽然没有展开，但所有问题都点到了。《启蒙辩证法》在当时是一部有开创性的里程碑式的思想著作，但它是一个散文化的思想文本，在形式上不太像理论，但是没有这本著作，后面的理论也不会产生，它是后面所有严密理论的一个源头。可以说，德波的《景观社会》相当于"二战"以后的《启蒙辩证法》。

"一战"时，意大利思想家葛兰西在《狱中札记》中写道，当时西欧的资本主义进入了发达社会，大众不会再献身工人运动和暴力革命，通过暴力革命推翻政府已经不现实，他认为西方已经是民主社会，可以通过选举获得政权。意大利共产党在"二战"后也通过选举执政过。选举就是一人一票，这一票要投给谁，不投给谁，是由每个人头脑中的文化意识形态、价值观和政治意识决定的。葛兰西认为，在宪政制度下的市民社会，知识分子要改造社会，不再需要搞暴力革命，而是首先取得文化霸权。知识分子要取得文化霸权不应该只是研究大师的经典著作和精英文化，而是要占领大众文化的阵地。只有通过占领大众文化阵地并取得话语权才能影响大众。如果大众的思想和价值观包括审美趣味被你影响了，你也就影响了选票。知识分子通过媒体的话语权实现对大众思想的影响，也就改变了社会，就不用通过暴力获取政权了。现在西方的一些大思想家和大理论家像哈贝马斯、齐泽克他们写的文章直接可以刊登在《纽约时报》《明镜周刊》这些大众媒体上，他们可以在BBC做访谈节目，通过大众传媒直接跟社会对话。所以，葛兰西认为知识分子革命的关键是要获得文化霸权，更准确地说是文化话语权，即知识分子改变世界的中间环节是影响大众。杰姆逊和齐泽克现在写书引用的例子都是好莱坞电影，比如《星球大战》《黑客帝国》、希区柯克的电影等。以前都是从引用大师的某个概念、某个理论、某本书开始，像黑格尔的著作西方很多老百姓也没看过，很小众。这是西方马克思主义的第一个阶段，提出了知识分子和大众文化的关系问题。

第二个阶段是阿多诺和本雅明提出的"文化工业"理论。阿多诺和霍克海默在《启蒙辩证法》第三章节"文化工业：作为大众欺骗的启蒙"中对文化工业进行了理论分析。他们认为，19世纪以前只有民间文化，没有大众文化。到20世纪以后，开始出现唱片公司、电影公司和出版公司，它们用资本来组织文化产品的创作，生产连环画、电影、流行歌曲、恐怖小说，然后通过市场营销，让文化水平比较低的人群看到，这就叫"文化工业"，即大众文化的产品通过公司行为、资本营销进行大规模的文化生产和传播。更可怕的是，阿多诺认为文化工业在20世纪出现是一个"阴谋"，一个资本的阴谋，它不一定是统治阶级为了洗脑而生产文化产品，而是资本家为了让他的产品传播得更广，赚更多的钱，刻意违背艺术的真实，大批生产迎合大众口味的流行作品。比如好莱坞为了让电影大卖，它拍得很唯美，但脱离了生活真实，甚至人为地煽动你内心的某种情感。

第三个阶段是结构主义，这是一个比较哲学的阶段。阿尔都塞认为，一个思想文本首先是代表一种意识形态的潜意识结构。意识形态不是一个代表真实的例子，而是一个思想的虚构，但当很多人接受了这种意识形态时，它也会成为一个社会群体的现实。但意识形态不是生产力，它不像科技可以创造让大家共享的财富，它生产的是一种人口政治。当有很多人信仰某种价值观时，就会结成一个政治团体。意识形态是一种带有思想虚构的个人构成的人口政治，所以意识形态是一种虚妄的现实。阿尔都塞的第二个理论认为，意识形态存在于所有的文本中。所有的文本都有两个结构：一个是表面的叙事结构，另一个是潜在的意识形态结构。比如马克思的《资本论》，表面上是在说资本家如何用资本组织生产获取剩余价值，这个资本的故事只是个表面叙事，它还内含一个深层的意识形态叙事，即剥削叙事。比如马云说，资本家应该挣大钱，因为他们承担了风险，这就是一个表面的创业叙事，但马克思也可以把这件事说成资本家的任何创业都是剥削，是一个剥削叙事，这其实是一个意识形态问题。阿尔都塞用结构主义的方法来重新解读马克思的《资本论》，他认为任何一个文本都有一个潜在的结构，他把对《资本论》的解读叫作文本的"意识形态症候阅读"。也就是说，从任何一个思想文本都可以看出作者的深层意识形态，通过文本可以分析出作者的潜意识思想。可能作者自己也没有意识到他的叙事中内含的意识形态逻辑，但只要他的书写出来了，书中一定有一个潜逻辑。这种文本阅读的结构主义方法，影响了后来德里达的解构主义关于"延异"的后结构文本理论，以及萨义德的后殖民理论对19世纪殖民地小说的阅读方法。

从法兰克福的文化工业的阴谋理论到阿尔都塞的意识形态文本的结构主义解读，西方新马克思主义还只是一种"外学"理论，尚不是一种"内学"。它还只是在揭示一种整体的意识形态机制，但尚未落实到意识和图像生成的内在机制的层次，即尚未归纳出一套内在的本体理论。这个工作是到了西方马克思主义的第四阶段，即从德波的"景观社会"到鲍德里亚的消费社会的"仿像"理论完成的。鲍德里亚的核心理论是"仿像"理论。战后资本主义进入高级阶段，高级资本主义是一种"符号经济"，比如说美国的米老鼠电影，拍米老鼠电影是不挣钱的，迪士尼乐园的成本很高，也是不挣钱的，米老鼠的盈利是靠米老鼠形象的商标收费，像现在小孩子的鞋子、书包、帽子上的米老鼠商标形象，这些标识的使用是要收费的，一年能挣200亿美元。还有中国那么多的麦当劳、星巴克，它们不是由美国人直接来投资经营，场租、员工、食品原材料都是由中国人支出，美国人只把这个倒过来的"W"商标和配方给你使用，收你的品牌使用费，这种商标、标识、品牌的买卖就叫"符号经济"，即卖给你的是一个符号。"二战"以后，实际上实体经济挣的钱不多，像"长虹"生产一台电视机只挣十几块钱。非实体经济，第一个是金融业，货币就是一个符号，这个符号背后有国家的信用担保，有军队在后面作保证，不允许别人印。第二个是"符号产业"，资本家不用再去开工厂生产产品并将产品卖掉，他通过卖符号、卖配方、卖品牌就可以挣钱了。像好莱坞电影，一部电影要挣几个亿，电影就是符号经济。还有艺术家，为什么著名艺术家一张画可以卖800万？而你一张画只能卖8万？你也许绘画基本功比他好，但你卖不了800万，因为你不是符号，他是符号，他卖的不是比你画得好，他卖的是符号和签名的钱。鲍德里亚分析了资本主义的新阶段，即符号的政治经济学阶段，就是资本主义由实体产品的生产和营销进入符号的生产和营销。鲍德里亚分析资本主义是如何生产符号的，以及这个符号怎么卖钱，但他的核心理论是关于符号经济学的图像理论，核心概念是"仿像"。比如，一个女孩子为什么要去整容？因为她看过韩剧，她想把自己装扮成韩剧中明星的形象。你为什么要买这个包？因为你在杂志、电视上看到明星在用这个包，所以你也想去买一个。你为什么要去买这件衣服？因为时尚杂志上的模特穿了这件衣服，你也想去买一件。所以鲍德里亚认为，在消费社会，你去整容、去选择某一种发型、去买某一个包，不是出于对这件商品的实用性才去买它，而是因为看到了某个明星在使用这个形象，你才会想到去消费这个形象，这个形象就叫作"仿像"。在消费社会，人们不是因为这个产品本身的实用功能才去买这个产品，而是因为这个产品是符号才去买。从葛兰西到阿多诺，只说要占领文化话语权，认为文化工业内含一个"洗脑"诱导的盈利阴谋，但这只是在探讨一个外部的机制，一个意识形态运作的外部问题，还没有落实到语言的内在机制，即文化工业通过什么决定环节来影响每个人的图像意识和趣味。

阿多诺和本雅明提出了两个议题。阿多诺说，有一个流行工业体系在操纵着大家的审美趣味，有这样一个机制存在，但这个机制是如何运转的，他没有说。本雅明提出了一个机械复制时代艺术品成批生产的问题。阿多诺和本雅明提出，在文化工业时代，文化工业有一个操纵体系，但它的操纵机制是什么？他们说可能是一家大公司在用资本雇佣人写剧本、编小说，再找人写评论、做营销，这整个就是一个操纵体系，但这个操纵体系内在的影响原理是什么，他们没有展开讲。这个问题在鲍德里亚时期就讲清楚了。"二战"后，鲍德里亚指出文化工业是通过"仿像"这个环节来影响人的，不仅是影像、图像，还有各种广告词或营销性的网络评论。鲍德里亚认为，文化工业首先通过操纵人头脑中的图像和概念来影响人的审美趣味。鲍德里亚讲清楚了文化工业操纵的图像机制就在于"仿像"，这个就是消费社会的符号理论。

实际上，消费社会的符号理论不是从鲍德里亚开始的，而是从德波开始的。德波在《景观社会》中的方法论比鲍德里亚要多一个维度。鲍德里亚只是把阿多诺和本雅明的文化工业"欺骗"理论落实到语言和图像理论这个层次，这个层次讲清楚了文化工业体系的操控机制，但没有讲到政治的操纵体系。文化的操纵体系有两大体系：一是政党和政治在操纵每个人的意识形态，二是资本在操纵每个人的审美趣味。这两个体系在西方"二战"以后是分开的，比如，美国政府会找好莱坞拍一些越战片，为了影响美国人的国家意识形态，让大家对政府的对外战争产生好感。

而资本和政治这两个操纵体系，在德波的《景观社会》中都涉及了。他的电影里有各种夜总会的表演，还有很多穿三点式或上身裸露的美女模特，这都属于纯资本主义的消费符号文化。它里面还有很多苏联电影，比如爱森斯坦的《十月》《战舰波将金号》，希特勒时期的电影和法国政治家演讲的影像，甚至还有美国的西部片。德波认为刨去美女、夜总会、宜家家具这批纯消费主义的流行符号之外，还有一部分流行的政治消费符号，他认为后者也是一种消费政治，是以消费景观出现的意识形态。德波认为消费不仅仅是消费，也是一种政治，这是他在《景观社会》中提出的一个基本思想。这个基本思想，之前葛兰西也没有提出，法兰克福学派也没有提出。把消费文化看作一种政治，在德波的著作里最早出现。此外，德波讨论了消费是如何产生政治作用的，他认为这个环节是通过符号起作用的。所以，景观社会也叫消费主义的符号政治。就是说，在任何社会，资本财团要对每个人产生影响，政治集团要对每个人产生影响，这叫日常统治。一种统治的生效，不是天天拿着枪逼迫每个人干什么，而是要调动人们内心喜欢的东西，要调动每个人内心的主观欲求及积极性，让你自愿去做这件事情。所以统治有两种，一种是暴力统治，就是进入对抗阶段，比如你要维权，要跟警察搏斗，政府就要通过军警弹压，这是身体统治。但人类社会不可能天天这样来统治，更有效的统治是给你洗脑，给你灌输一种有利于统治者或占优势阶级的价值观和审美意识形态，让你自愿去做出某种行为，让每个人觉得，比如我去弄某个发型、去穿某件衣服、去看某部电影，都是我自愿掏钱去做的。一个人所做出的决定肯定要通过头脑中的自我决策，这个自我决策的依据是早就在头脑中的概念、价值观、审美趣味，但实际上这套概念、价值观、审美趣味，尤其是图像趣味，是人家早就灌输在你的头脑里，因此你的自我决策实际上是灌输给你的这套符号体系在操纵你，然后你才决定去电影院看某部电影，去名牌店买名牌包。这看起来像是你的一个自愿行为，实际上是一个被操纵的行为，但这个操纵没有人拿着鞭子、枪杆子逼着你，它是长期灌输的某一个概念或某一种图像趣味，就像一个电视节目主持人长得再难看，她天天在电视上主持节目，几年看下来，也会觉得她看上去好看了。任何对象，只要长期重复接触、重复灌输，你都会觉得是可以接受的。一个丑男追一个美女10年，最后美女慢慢也就觉得他不难看了。所谓日久生情，这个情不光是指人性的感情，还有审美感情——观看对象的重复会让你觉得不难看。

所以，德波的策略是包含两面性的：一是资本主义的消费符号，这影响了鲍德里亚；

二是关于极权社会如何以消费文化的面目来灌输政治意识形态。这个层面鲍德里亚没有讨论到，但是德波的著作讨论到了。比如让一帮小鲜肉拍一部电影，然后在里面加几个有利于它的概念进去，把一些政治审美后现代化，比如年轻人喜欢一种叫"萌"的文化，它就把一种极权主义的崇拜机制用美国文化或萌文化这套方法来包装，可能很多人没看出来，其实这是把极权审美通过消费社会的形式来重新包装。极权主义通过消费文化这个通道，将其符号体系植入你的内心和头脑，这是后极权主义的一个意识形态操纵方式。

德波是一个开拓者。他强调一种消费社会的符号政治，就是说消费行为不光是一种经济行为，也是一种符号经济。流行文化是一个符号化的消费，消费的背后其实还是政治。虽然当时德波没有提出像鲍德里亚这么具体的符号图像理论，没有提出"仿像"的概念，但他当时提出了替代性的、临时的、过渡性的一套说法，就是"景观社会"理论。《景观社会》为后面所有消费社会的符号理论提供了一个基本的方法论，这个方法论就是把一切都看作"景观"。

西方以前会把艺术品放在符号层面来考虑问题，或者最多把流行文化当作一个符号来考虑，但一般不会把政治集会、国家主义的开幕式看作一种符号。到德波的时候，他改变了一个文化判断的基本方法，就是把一切看成符号，把一切视觉的仪式看成符号。图像本身不一定是符号，只有当图像中有一种视觉仪式、有一种集体意识形态的语境、有一种潜意识的仪式形式的时候，这个图像才可以称为"符号"。德波提出了这个基本思想，即第一个层次：一切视觉形态，不光是纸媒的图像，还有电影、电视的影像，或者建筑景观、政治集会、人群的聚集形态，在所有这些视觉形式里，只要存在某种意识形态的仪式，它就是景观和符号，这是一个基本的方法论。第二个层次是，景观不仅是一个符号的视觉仪式，同时还是一个文本。"文本"是什么呢？一个建筑、一部电视影像、一本杂志还只是单个符号，还不是一个文本。德波认为，在现代社会，每一个符号都属于一个体系，符号跟符号之间是有联系的，这边一个建筑、那边一个纪念碑，这边一本杂志、那边一个电影，或一个政治集会，看起来好像是一个个分散的单元，相互没有直接联系，但所有的东西都属于一个完整的体系，这个体系就是景观社会。所以，景观社会从概念上来理解，有三个层次：第一个层次，一切视觉形态的仪式——视觉仪式或者视觉机制；第二个层次，这个视觉仪式本身是一个符号；第三个层次，所有的符号都属于一个体系，这个体系代表一个结构主义文本，文本内部有一个结构。这么看的话，就涉及德波的方法论来源。

德波的理论方法，得益于20世纪从索绪尔的语言学到战后法国的结构主义这一套哲学方法。索绪尔的语言学认为，语言本身的意义差异决定于书写和发音的差异。语言代表一个意义，这还不是真正的语言，这叫"言语"。比如中国古代的甲骨文，说这个是"太阳"，就画一个太阳的形状，模拟太阳形象的文字就叫"太阳"；说那个叫"月亮"，模拟月亮形象的文字就叫"月亮"。索绪尔认为这两个图像符号要在形状上有差别，如果两个字画得很相近，一个小朋友没有见过月亮和太阳，你光是把这两个图像给他看，跟他说这个叫月亮，那个叫太阳，那么小朋友是分不清楚的。就是说，第一，在书写的时候要把这两个字的形式差别拉开，那么小朋友才容易分辨。第二，发音也要拉开差异，如果太阳和月亮两个字的发音是差不多的，这个小朋友如果没见过太阳和月亮，你念这两个发音给他听，他也不知道这两个发音到底指哪一个。所以，索绪尔认为重要的不是符号和太阳本身、符号和指示对象的关系，而是语言的书写和发音的差异，要拉开差别才能成为语言。如果只是某一个图像与某一个指称对象单独建立联系，这叫"言语"。言语要成为语言，还需要在书写形态和发音形态上有差别。只有当语言的发音和书写在整个语言体系中找到唯一的差异特征时，这个体系才是一个结构体系，这个结构体系才叫"语言体系"。

为什么索绪尔的语言学是西方语言学的一个里程碑？因为他用了一个结构主义的方法

来定义语言。我们日常生活中学习语言是一个指示方式。妈妈指着天上对你说"这个叫太阳",太阳是这么画的、这么念的,那么你就会用"太阳"这个词,但这个不是语言。索绪尔的语言学在"二战"以后变成了一个理论方法。法国人类学家列维·斯特劳斯写过一系列人类学著作,像《结构人类学》就是运用索绪尔的语言学来分析原始部落的文化。这部著作也是一个西方理论的重大突破。他在研究什么?他把原始社会所有的日常器物,包括仪式都看作符号,比如把原始人的独木舟、食具、纹身,以及原始的祭拜仪式等都看成符号,这些符号构成了一个结构性的意义体系。列维·斯特劳斯认为这些意义是有等级的,比如说他认为原始部落的人吃东西有很多仪式,但这个仪式是低层次的;再高一层次是什么?比如跟他们父母的关系;再高一层次是什么?就是独木舟的出海仪式;那么再高一层次是什么?就是对星星、月亮的崇拜,对鬼怪的信仰。他把原始部落的各种文化用品、神话、仪式看作不同等级的符号,这些不同的符号都属于一个体系,每一个符号跟体系的关系就代表一个文本,这个文本内在的内容就是各种符号之间的意义关系。稍后的法国哲学家罗兰·巴特写了一本书叫《流行体系》,他用列维·斯特劳斯的方法论来分析法国的时装体系,分析法国的时装工业,他像列维·斯特劳斯一样,用结构主义符号学的方法把法国的时装文化进行归类。后来罗兰·巴特还写了一本书叫《符号帝国》,把日本所有的文化形象、图像符号用结构主义的方法,像列维·斯特劳斯分析原始部落一样来分析日本文化。

历史上任何一个大师不可能是凭空出现的,他是一代代的思想和方法论——主要探索的问题和思想总结的方法——过渡来的。首先,德波的思想和议题是从葛兰西、法兰克福学派过渡来的。把文化工业的讨论落实到符号分析的层面上,落实到符号、图像的视觉分析这个层面上,是德波的一个推进。其次,德波使用的方法是沿着索绪尔的语言学,经列维·斯特劳斯到罗兰·巴特的结构主义符号学的分析方法,他用这套方法来看待消费社会。基本上他是从这两条线当中的一条推进。当然"景观社会"思想还有一个源头,跟达达的"情景主义"有一定关系。他们的团体就叫"情景主义国际"。

另外,德波对艺术也有很大的贡献,他使艺术超越了艺术,把艺术看成是对图像意识形态的批判。他不仅是一个艺术家,更是一个思想型的艺术家,他带着一种跨学科的思想视野来看待一切的视觉景观、视觉形式。事实上,德波打开了当代艺术的整个视野:第一,一个艺术家要有跨学科的思想视野,看问题不要去纠缠诸如素描写生、抽象几何这些技术性问题,而是要用一种跨学科的思想视野来看待一切视觉形式;第二,要从影像的符号学文本角度来看待视觉。就是说,视觉不仅是一个造型形式,还是一个符号学的影像文本或图像文本。只有到了这个概念层次,才真正落实到当代艺术要讨论的问题上。重要的不是艺术要表达什么,或者什么东西是美的,重要的是把一切东西看作什么。一部作品做得精不精致或者美不美,这个不重要。《景观社会》的一个最重要的方法论,即把一切视觉仪式、形制都看作一种符号政治或一个符号文本。这就不仅仅是艺术本身了,在当代艺术,它变成了艺术的话语政治或者艺术的符号政治。

我觉得德波解决了现代主义的转型问题。在抽象表现主义、极简主义之后,西方在探讨抽象艺术、概念艺术时太脱离社会和政治,虽然艺术变得纯粹了,但是不能去表达社会和政治,但艺术的社会和政治表达,也不能重新回到左翼艺术或者宣传画艺术。怎样才能既保持语言本身的探索,保持语言本体的框架,同时又能够参与社会和政治议题?德波之后,提供了一个新的模式,即重新关心一切社会政治的形象和形制,但不是把它做成纪录片或左派艺术,而是把它看成一个符号文本。艺术最终要表达什么?艺术要表达的是政治性,不是政治;要表达的是社会性,不是社会。就是说,通过视觉的符号政治,把社会性和政治性包含在里面,同时关于政治和社会的讨论仍在一个纯粹的学术框架里,而不是为了让艺术介入社会政治,把艺术重新变成一个街头艺术、宣传画艺术、社会鼓动艺术,或重新回到以前的现实主义。在德波和博依斯之后，西方找到了一个既能将艺术限定在学术内部，同时又能够使其参与政治和社会的方法。他们使两者找到了一个结合的方法，既让艺术有社会性和政治性，同时把艺术限定在一个本体论的话语层面，这即是一种消费主义的符号政治。就是说，在符号学的文本框架中去讨论政治性和社会性。讨论德波的东西，对中国当下艺术的思考，包括当代艺术应该有怎样的一个思想方法，都会有很多启示意义。

第九回：并非线索——来自北京电影学院的影像实验

艺术家：陈思琪、贾羽明、梁　爽、刘旭光、孟祥龙、缪晓辉、谢　天、殷　子、张次禹
策展人：刘旭光
策展执行：张　帆、贾羽明
主办：你我空间
展期：2016/02/02—03/12
地点：小洲人民礼堂

前言

文 / 刘旭光

在齐泽克看来，电影是一种变态艺术，因为"你所欲的它不会给你满足，它（只）告诉你如何去欲求"。既然如此，我们如何通过对电影方式的肯定来达到对前审美方式的否定？事实上，我们正遵循普遍的一种审美规则和欲望不断开创运动视觉的新方法。我们必须依靠电影的各种因素有策略地把握线性与非线性中的语言方式，并从固化的概念中解放出来。我们希望的结果是开放中的实践。从更广的角度解读诸如"变态"与"荒诞"中的置换与快乐；在自由与多维的空间中抵御禁锢头脑思变的机制，透过多样性的表现与思考，去反对传统对我们的束缚。在这方面，青年人的思想最前卫，他们反对束缚思想的一切，开放欲望的大门，从电影中去体验视觉带给精神的影响。

《完美电影》《救赎》和《精彩的表演》试图在幻想、焦虑中探索一种打破惯用且有效的元素，也就是我们所说的电影语言，不过这些庞大的画面和复杂的关系诠释了电影的空间语言，让枯燥乏味的现实在特定的场域中唤起美的向往，同时在变态、变化中行使着骄傲的权力。

《惊蛰》《欲婪》《插座》《孽槃》和《乳猪》在幻想的世界、反叛的精神与荒诞的现实中，展示给观者的是由一个个镜头连接而成的很奇特的视觉事件，好像是关于我们自身的真理：要想解释人与自我，一定要了解其本性。让我们利用荒诞的梦境来体现他们知识结构中的记忆手段，这种方式使我们能够在今天建立起实验与知觉的场域，并策略性地运用来自电影的知识储备。

《random_20150124》在程序图像处理的视觉中，通过特定波长区域对应的图像，判别图像被摄体像的变化，以及白色光波段中信息被摄体像的图像内的像素特征量，强调被摄体像的种类在运动中留下的自由的图像痕迹。

《倒带》《夏至》以及《大都会泉》将影片记事置身于当下的问题和东西方文明碰撞之中来映射我们文化的精髓与特征，如果忽略了这些，我们将走向迷途。

《梅雨》的导演将电影场景中驱魔人性变换到关系相中，以揭示影片中潜在的同性与异性之间的关系与观念的碰撞。当他把徘徊、踟蹰中情爱的缘由公开时，观者便陷入了思考。

《新山海经》360度旋转影像，物理运动的癫狂展示了图式与图像二者之间的一种过渡运动视觉关系。在当代规范化的审美中破除禁锢，提出不同视角中的规训功能。

沉静的观者所获得的影像结果可以通过一种电影手法来加以重现。每个画面在银幕上停留的图像时长赋予观者的印象和充实感值得我们重视，这是个体和观看者之间绝对对立的矛盾，这种对立和矛盾只有在超越一切对象之上，作为绝对肯定即否定的判断才能切入影像本体问题。此次参展的艺术家们力求从思维的角度把握心灵世界、探求真理，他们在审美铺设的感觉轨迹中，无论有多少困惑，都坚持理性追求知识的确定性，并从中获得发现美的动力。

刘旭光

1958年生于北京，1995年获得日本琦玉大学、东京艺术大学硕士学位，1996年任东京艺术大学油画系当代艺术研究室讲师，2004年获得清华大学美术学博士学位。现为北京电影学院美术学院新媒体艺术实验室主任，教授，硕士研究生导师。

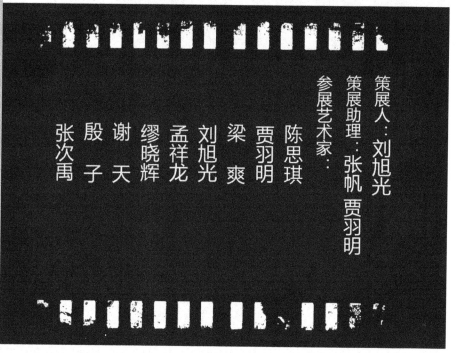

陈思琪

1993年生于山西太原，高中就读于中央美术学院附中，本科毕业于北京电影学院新媒体艺术工作室。

惊蛰 /2015/ 实验短片 / 彩色 /12′

少女、猫、盒子里的种子与红色药水、走动速度不一的钟表，在梦境般的世界里，这些元素产生神奇的连锁反应，少女在种下第一颗种子后，一个前所未有的世界大门向她打开。

random_20150124/2015/ 实验影像 / 彩色 / 无声 /4′ 09″

影像将一个极简风格的视觉结果和生成过程绑定起来，而一切只用了101行代码，我不必用毕生的时间面对画布，就可以创作我想要的作品——这正是我这一代的语言，我很高兴用掌握的一点点技术让冷冰冰的机器发热并讲述一个故事。

贾羽明

1981年生于齐齐哈尔，现居北京，《方案联播》成员。作品《random_20150124》曾参加美国明尼阿波利斯肥皂厂画廊举办的"形质相：中国代当代艺术青年艺术家6人展"。

梁 爽

1994年生于广州，毕业于广州美术学院附中，现就读于北京电影学院现代创意媒体学院视觉艺术系。2015年《欲婪》获邀重庆首届长江国际影像双年展参展，《插座》于中国美术学院空间影像研究所进行交流。

欲婪 /2015/ 实验短片 / 彩色 /17′ 19″

本片以当代青年的爱情观念作为主题，通过行为、图形以及情节进行表现。全片本该由三个短片组成（全片名未定，另外两个尚未完成）。这是其中一个短片。

插座 /2015/ 实验短片 / 黑白 /19′ 25″

以插座为"肖像"，一张张极简的"脸孔"似乎隐藏在不同的角落"关注"着我们的生活。

新山海经 / 2011/360°、旋转影像 / 黑白 /3' 31"

360 度旋转影像，物理运动的癫狂展示了图式与图像二者之间的一种过渡运动视觉关系。

大都会泉 / 单频录像 /2015/ 黑白 /15' 28"

大都会前的喷泉并不宏大，刚刚建好时并不知名。但是它的地点怎么都让人觉得这是时代的泉、贯穿时代和历史的泉、历史与文

孟祥龙

1986 年生于河北秦皇岛,2011 年获北京电影学院学士学位,2018 年获北京电影学院新媒体艺术理论与实践专业硕士学位。《方案联播》成员。

完美电影 /2015/6K 数字影像 / 彩色 /16.66:1/RED Dragon 6k 摄影机 +ARRI/ 蔡司 Master Anamorphic MA 50/T1.9 变形宽荧幕镜头 /21′59″

将历史与当下出现的所有我关注的事件与图像放进一个场域,通过超宽的影像画幅把这种情境全部展现出来,来达到影像内容与观众两者自由性的时空交流。

救赎 /2015/6K 数字影像 / 彩色 / 无声 /18:1/RED Dragon 6k 摄影机 +ARRI/ 蔡司 Master Anamorphic MA 50/T1.9 变形宽荧幕镜头 /5′54″

我借用古代犯人游街的仪式,用自己的精神与肉体去体验与外界的碰撞,并制造影像独特的超宽画幅比去感受这一过程。

精彩的表演 /2015/6K 数字影像 / 彩色 /10:1/RED Dragon 6k 摄影机 +ARRI/ 蔡司 Master Anamorphic MA 50/T1.9 变形宽荧幕镜头 /1′16″

脸与手是表露在身体外最常见的部分,代表着"展现"与"接触"的重要方式,我让社会各类陌生人士通过"摸脸"来进行 1 分多钟的交流。

夏至 /2015/ 实验短片 / 黑白 / 中英文字幕 /17′49″

《夏至》通过影像这种形式重新诠释时代大变革下人们的生存境遇和伦理价值观的转变,并试图探讨家园的失落以及两代人价值观的差异对于人性的直接影响。

缪晓辉

1986 年生于上海,2008 毕业于中国美术学院综合艺术系空间造型工作室,2012 年考入北京电影学院美术系新媒体艺术专业研究生,现为上海视觉艺术学院数字媒体艺术专业教师。《夏至》曾入选 2012 南京独立影像展,并获 2015 年首届北京电影学院"实验电影"学院奖新视觉艺术探索奖。

谢 天

广东人，毕业于北京电影学院。作品《孽槃》于2015年石节子国际新媒体艺术展"本真叙事"参展并被美术馆收藏。

孽槃 /2015/ 实验短片 / 黑白 / 中英文字幕 /19′

影片由多个非线性叙事与空间叙事的章节构成，结合绘画、装置、行为与观念摄影。先导者（bellwether）作为一种意志的呈现，经历了迷惘、挣扎、觉醒之后，进而变革。重新解构的尼采"超人哲学"贯穿全片，隐喻内心世界与现实世界之"变"。

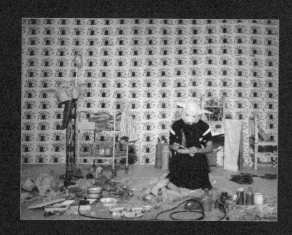

殷 子

1996年生于湖北，毕业于北京电影学院美术学院。

乳猪 /2015/ 实验短片 / 彩色 /4′ 47″

生命轮回，在有和无的循环里渴望、享受、逃避、愤怒，最后尘归尘，土归土。

张次禹

湖南湘西人，2005年毕业于广州美术学院，2011年毕业于北京电影学院新媒体艺术实验室，获硕士学位。现居住在北京，在北京高校任教。

梅雨 /2015/ 实验电影 / 彩色 / 中英文字幕 /49′ 36″

船，一条河，一座山，一座岛，一个乡村，一座城市，都笼罩在这阴雨绵绵的天气里。三个人各自对生活的困惑，对爱情的迷失，像每天的细雨挥之不去。三人复杂的情感交织在那一片河水中。

"并非线索"的线索：与学院派艺术家谈当代影像实验

采访人：U&M/ 陈彦伶、陈　磊、赖周易

电影，是一种让人着迷的艺术。它之所以令人着迷，不仅仅在于它能帮助生活挖掘本质，更在于它能释放人甚至物的欲望。小洲影像计划第九回落下帷幕，来自北京电影学院的影像实验者刘旭光、谢天、梁爽、贾羽明、缪晓辉、张次禹、陈思琪、殷子、孟祥龙，在如《欲婪》的焦虑诡秘、《惊蛰》的躁动不安或《大都会泉》的静谧迷幻等不同的语境中，如何精心编排导演，带给观者不同的视觉体验？此外，这次展览让人产生怎样的沉思？通过对话创作者，我们希望得到答案。

U&M：有什么具体的生活经历引发你创作这次作品？

贾羽明：2015年年初，我和导师刘旭光教授参观 Dia:Beacon 美术馆。那些已逝或在世的大师，用智力、体能及一生的时间填满了这座建筑——他们几乎将所有的人类自然属性转化成了物与媒介和一种精神。从物与媒介的角度来看，尽管我来到了展厅，但我所进行的非现场的阅读和审美似乎失去了意义。

回到酒店我重新编写了 Daniel Shiffman 的代码，创作了《random_20150124》这部作品。透明度随机的圆形在画面中随机地连续移动，其路径被保留下来形成画面。同时，我命令软件每隔一段时间保存一张带有签名、作品名和时间戳的图像供输出打印使用。它不是传统意义上的绘画——它的构图在不断变化；也不是传统意义上的影像——每一次观看，每一帧画面都不会重复。但我又不能否定，从视觉上来说，它就像投影在墙上的影像，运行一段时间后不仔细观察甚至找不到其中正在发生的变化。

《random_20150124》将一个极简风格的视觉结果和生成过程绑定起来，而一切只用了101行代码，我不必用毕生的时间面对画布，就可以创作我想要的作品。这正是我这一代的语言，我很高兴用掌握的一点点技术让冷冰冰的机器发热并讲述一个故事。

殷　子：最初在纸上描描画画，画了无数只眼睛，我就和这些眼睛对视，当时头皮一阵发麻，就有了这部作品的最初构想。所以《乳猪》也是我内心的写照吧。

U&M：一部作品总会给不同的观众产生不同的体验，而作为作者，你们希望带给观众什么样的体验以及引发什么样的思考？

谢　天：一千个人眼中有一千个哈姆雷特。《孽槃》本身探索的是"变"，影片的核心是重新解构的弗里德里希·尼采之"超人哲学"。"超人"并非一个绝对静止的概念，而是不断超越、进化的运动状态。我希望影片本身就具有这种不断变化的特质，它能带给生活经历、文化素养、审美能力及哲学认知不同的人们以不同的体验及不同的思考，并且随着时间的推移而改变。《孽槃》既可以是描述一个架空世界观的平行世界、异维空间，抑或未来的反乌托邦，也可以理解为当下人们的内心世界写照。如能使观者对于自身或外界的蜕变更迭有所感悟，那我会感到十分荣幸。

张次禹：我不想去限制观众，让观众自己去体验和思考吧。

贾羽明：每个人来到展览空间的目的和期待是不一样的，这种非叙事性的作品更多的是观众当时心理的映射。

U&M：你们创作一部影片时，是全程按照剧本的设定进行拍摄和剪辑，还是在这个过程中会把握突然的感受和灵感进行临时发挥？

缪晓辉：我是两者相结合。事实上，我在拍摄过程中根本不会完全按照剧本来，因为它可能让你错过很多精彩的部分，我需要即兴创作来保持过程的快感和影片的活力。在大量的实践中，我越来越发觉照章办事存在一定的问题，它往往会使你的片子失去现场鲜活的质感。毕竟周围都是流动的，你很难将一个固定的想法强加在一个流动的现场上。重要的是要保持原初的想法，并在现场围绕这个理念去选取现实，这需要精确地判断，抵抗来自周围的诱惑，因为诱惑往往使你偏离目标，最后表达模糊不清。

孟祥龙：首先肯定会有一部充分的剧本，无论有没有故事性，但叙事逻辑还是得有所准备，但会根据偶然性的现实加以改动，电影创作中很有意思的一点就是会出现很多不可预测性，往往在这当中会产生丰富的细节，剪辑过程也是如此。

U&M：在你们的影片中出现了多种多样的暗示，使观众对主题产生多方向的猜测，作为导演，你们是如何做到在把握主题的多样性的同时体现出最想呈现的思想和效果的？

陈思琪：其实这也是我一开始创作时担心的问题，就是这个度该怎么去把握，飞太远就会往回拽点，总怕太过，但是片子放了之后，观众给我的反馈让我特别兴奋，他们会将这些符号搭建出自己的结构，虽然他们可能并不确定，会问我：表达的是这个意思吗？其实已经不是说是否呈现的问题，应该给他们更多可能、更多线索。比如说像山楂这个符号，有人会联想到伊甸园里的禁果，我觉得这个是我创作时想到的，但我参加北京酷儿影展的时候，有人问我：这个女孩会不会是百合？这个其实就是观众的脑洞，片子的女主角有我的投射在里面，我不是，但这个女孩也许是！怎么去平衡符号的多样性和最终呈现的问题，其实还是我之前说的，文案非常重要，关键词也是，有了分析整理这个过程，所有东西都在为主题服务。

梁　爽：我没有刻意地考虑怎样把握它本身带来的多样性，这些可能性都是未知的，我认为如果我本身要在主题上施加多样性，作品会变得混乱，这也许只是我个人的观点。

U&M：作品最终的呈现与你们最初的预想效果一致吗？如果并不一致，是什么因素限制了你们的创作？或者是什么新的因素激发了灵感而更改了设定？在创作作品的时候有没有遇到过一些困难和瓶颈？这些问题又是如何解决的呢？

孟祥龙：说到一致，我个人认为没有一部电影是完全符合原始最完美的结果，因为创作一部电影需要各个专业人员协作完成，人力、物力、资金、自然环境等都会产生一系列不确定因素，所以尽量向理想的程度去做，即使有些改变不了，也许也会在过程中发现另一种比最初想法更好的表达途径，毕竟电影是运动的，是靠再现的现实物在时间的过程中去表意的，所以没有绝对的困难，只要换个方式就可以解决。

U&M：在作品中不难发现你对配乐或是声音处理颇有巧思，请问你们在创作作品的过程中是如何构思片中的声音，使其能与图像相互作用而形成最终的效果的？

梁　爽：《欲婪》里面所有的声音包括环境声和物体声都是重新录制剪辑的，原因是当时现场环境的限制。而配乐在影片中的作用主要是反映人物心境的起伏以及辅助周围环境的转换；由于配乐决定了作品大致氛围，因此在构思配乐时比较谨慎。例如影片中一段表现人物内心欢快的片段，我想保留人物内心舞动时萌发的空灵感，同时不想失去视觉带来的诡异，于是配乐分别抽取了三首民谣的头尾，将它们重新组合。除了这段配乐，其他均选自同一位擅长以尖叫声作乐的实验歌唱家的作品。影片中当钥匙插进锁孔里，顿时翻天覆地，这里共抽取了她六首尖叫作品合成来表达混乱惊悚的转场效果。全片我保持着不抹去原有的暗调并充斥着神秘诡异的理念，相对于弦乐的温和，刺耳又锋利的清唱更有"实验精神"去诱发人物从惊悚到兴奋再到绝望的极端心理波动，从而给作品带来独特的气质。

U&M：影片中道具的设定是否有特别的意图或者象征意义？是哪些因素促使你们选择这样的设置？

殷　子：首先眼睛墙的设定给整个片子一个压抑紧迫的基调，这也是创作最初的灵感来源。至于猪肉，也许和记忆有关，我从小对肉类的触感非常感兴趣。其次是猪肉的质感和人的皮肤所产生的联想和共鸣仿佛荒诞的梦境又似现实。

梁　爽：我很喜欢用物件说话，那些道具、人物跟场景设置都起着关键的作用。在我最新的作品《年浮》里面有二十余种特殊设计的道具，需要与影片里的人物进行"相互交流"，有时可能是表示一种观念的萌生或者是人物内心的正确反映，我认为这是很好的表达方式。

谢　天：道具作为具有象征性的表达介质，对探讨实验影片的核心具有极其重要的作用。影片中我启用了一些具有隐喻性质的装置作品，以道具的形式做视觉呈现。

第十回：北京独立影像展（2012—2015）获奖实验影片展映

艺术家：［日　　本］近藤聪乃（Kondoh Akino）
　　　　［新 加 坡］林育荣
　　　　　　　　　史杰鹏、黄　香、徐若涛
　　　　　　　　　吴　超
　　　　　　　　　吴昊昊
　　　　［中国台湾］黄睿烽
　　　　　　　　　闫龙娇
　　　　　　　　　钟　甦
主办：你我空间
合作机构：栗宪庭电影基金
　　　　　北京独立影像展
展期：2016/03/18—03/26
地点：小洲人民礼堂

小洲动态影像计划第十回

北京独立影像展

林育荣《所有的行流出来》
闫龙娇《隐于水中》

史杰鹏 黄香 徐若涛《玉门》
吴昊昊《制作<批判徐童>》

吴超《发生》
近藤聪乃《瓢虫哀歌》

黄睿烽《红斑点》
钟甦《地久天长》

[2012—2015]

获奖实验影片展映

2016/03/18 —03/26 | 策　划：你我空间
广州市海珠区小洲人民礼堂

周一至周五13：00—17:30 | 周六 周日 11:00—18:00

近藤聪乃

近藤聪乃1980年生于日本千叶，2003年毕业于多摩大学平面设计系，曾获AX漫画新人奖与DIGISTA大奖赛的动画师奖。2008年开始在纽约生活和工作。

瓢虫哀歌 / 动画 / 彩色 /5′ 38″

故事开始于小女孩误伤了两只瓢虫。这个女孩子叫"Eriko"，作为近藤心中理想的形象出现在她的所有作品中。伴随着成长，童年噩梦般的经验变成美好又令人怀念的回忆。

林育荣

生于1973年，生活、工作于新加坡。作品《所有的行流出来》曾参加2011年新加坡双年展。

所有的行流出来 /2011/ 实验短片 / 彩色 / 英文 / 英文字幕 /23′ 30″

《所有的行流出来》带领观众穿越新加坡的雨季排水道，聚焦于"longkangs"（排水道的当地语）的庞大网络——不经意形成的城市地图。电影由一位神秘旅人的路线构成，讲述他穿越排水道寻找回家的路。

史杰鹏

导演,哈佛大学社会人类学系博士研究生。曾获洛迦诺电影节 Best First Feature Pardo D'oro 和 CINE CINEMA Special Jury Prize 奖项。

黄 香

艺术家,导演。1974 年生于广东湛江,理科出身。

徐若涛

艺术家,导演。作品涉及绘画、影像、涂鸦和电影等艺术形式。电影《反刍》获第 29 届温哥华电影节龙虎奖最佳提名奖。

玉门 /2013/ 纪录片 / 彩色 / 中文 /64′40″

2012 年春节我们三人带着一部 16mm 摄影机来到被称作"鬼城"的甘肃玉门。在这座废墟面前,我们试图以外来者的方式介入玉门这座被遗弃的城市。当三位当地女性进入我们的视野之后,我们才得以完成这部关于玉门空城、关于记忆和幻想的影片。

吴 超

1977 年生于四川。2000 年毕业于四川美术学院。2007 年毕业于法国南锡国立高等艺术与设计学院,获造型艺术硕士学位。现为某高校专业教师,工作、生活于广州。

发生 /2013/ 单频动画 / 彩色 /27′43″

作品中一场场日常动作的缓慢重复,似乎充满预兆的仪式,每一个细节的未来都如同迷雾,难以捉摸;一种种植物生灭的起伏连续,仿佛流水般的时间,每一个瞬间切片都被叙述得无边无际,使知觉无限膨胀;不受逻辑和时空限制的、偶然随意的场景调度安排,又似不可定义的命运,每个生命在意义的悬丝上摇摆不定,直至一切渐渐隐入黑暗。

Criticism
Comments and judgmentss
批评与判断
是最直接的方式
Is this the most direct way

吴昊昊

1986年生于山西太原。从事绘画、视频制作和戏剧艺术工作。

徐童是一位纪录片导演,吴昊昊用未拍到徐童的视频去制作《批判徐童》的视频作品,并在这过程中解构视频、声音、文字,批判自己、社会、电影节、视频等。

制作《批判徐童》/2014/ 实验影像 / 彩色 / 中英字幕 /28′ 30″

黄睿烽

28岁,来自台湾,自学3D动画,大学毕业后进入台湾艺术大学动画研究所进修动画制作。长期关注地球的生态保育。

描写真实世界中加拿大海豹猎杀活动,并将哥特风格动画角色塑造的研究结果应用于本创作的各角色设计上,诠释出人类猎杀海豹行为的另一种观点。

红斑点 /2014/ 数码动画 / 彩色 / 英文 / 中英字幕 /8′ 30″

闫龙娇

专注实验电影与纪录片创作。

短片中,自始至终,女人使用肢体语言表现自身与周围环境的关系、欲望的转变过程,直到回归。人就是鱼,来源于水,经历从水中到陆地,在嘈杂的环境中感受窒息与挣扎,最终抵挡不住原始的欲望,于是倾泻掉一切多余的东西,回到让自己宁静的水源中。

隐于水中 /2015/ 实验短片 / 黑白 / 彩色 /8′ 05″

钟甦

2005年毕业于四川美术学院油画系,2008年毕业于中国美术学院新媒体艺术系。

《地久天长》没有拍摄计划,总是通过搭建模型来构思下一个镜头,过程很慢,中间做好的模型甚至是角色,最后很可能都没有使用。但我想这或许是得到下一个镜头的必经之路。

地久天长 /2015/ 数码动画 / 彩色 /7′ 17″

独立电影首先是一种艺术

文 / 栗宪庭
2016/03/17

　　独立电影与娱乐电影的最大区别在于，独立电影是把导演看作一个艺术家创作的艺术，而艺术最重要的是创造性。当然，判断艺术是否具有创造性要依赖艺术史这个语言系统的上下文关系，但是，就像我们无法追问什么是艺术，只能回答艺术在今天发生了什么一样，我们只有在面对一个时间段的艺术状态，以及具体某些或某个艺术家的创作时，才能接近艺术的创造性。所以，艺术家作为一个个和他所处的生存环境就凸显出来了。从来就没有抽象的和纯粹的人性，人只有在具体的生存环境中，个人的感觉由于环境的针对性和冲突性，才显示出真挚、激情以及不畏艰难的人格力量。如韩愈说的："大凡物不得其平则鸣。""人之于言也亦然，有不得已者而后言，其歌也有思，其哭也有怀。"（《送孟东野序》）所以，强调独立电影的创造性，就是强调导演作为一个个人的真实的和自由的表达。

　　民间性是独立电影生存的前提。有位德国思想家曾说过一段话，大意是国家不能创造文化，所有的文化都是民间创造的。这种民间性表现在导演个人创作的自由，民间拍摄团队各个环节的组建、制作，以及各个放映平台的建立，是必须坚持的。这种系统的不断完善，才是独立电影最重要的前提和价值。我30年来的经验是，每个行业都会遇到相同的问题：创作和表达的自由、交流平台的自由，是需要争取和坚持的，而不是靠等待和恩赐。广州的这次民间放映，也是大家努力坚持的结果。事实上，独立电影的拍摄和交流平台的建立渐成燎原之势。

　　即使将来环境发生变化，独立电影的创作和交流不再需要审查，独立电影依然有存在的价值。你要通过你的作品证明你在你的时代创造了什么，你要传达的是你个人在生存环境中的感受，所以，真实是第一位的。我认为独立电影也能像娱乐电影那样进行分类，分为纪录片、剧情片、实验短片，等等。而我最在乎独立电影的真实性，真实性包括两个因素：真相和真心。纪录片自然侧重以真心纪录真相，而探索心理空间的真实性会向另一端——实验性的方向发展，而实验性会在一部分剧情片和实验短片中出现，当然不排除纪录片的实验性。所以我在乎独立电影对探求真相和心理真实空间的实验性这两方面的侧重，因为它将成为电影作为一种媒介的前沿阵地，为"大众电影"不断输送新鲜的血液。这两端恰恰是娱乐电影不能够或者难以出现的，因为娱乐电影常常要通过保持对公众审美惯性——故事性的"尊重"而获取高票房，自然常常会对真相进行探索而挑战"危险"，以及对实验性"看不懂"而采取回避态度。挑战探索真相的危险性和探索心理真实的实验性，从而形成一种不间断的挑战姿态，可以让独立电影具有永恒的价值。即使是在艺术自由的社会，独立电影的这种价值也是显而易见的。

栗宪庭

　　著名艺术批评家。栗宪庭电影基金和北京独立影像展发起人。1949年生于吉林，1978年毕业于中央美术学院中国画系。

第十一回：左撇子也是好人——卡洛·费拉里斯录像作品展

艺术家：[意大利]卡洛·费拉里斯（Carlo Ferraris）
联合策展：胡　震、杨　帆
主办：你我空间
展期：2016/03/27—04/09
地点：小洲人民礼堂

　　卡洛·费拉里斯的影像作品充满了奇思妙想。他的作品的灵感不论是来自生活日常，还是来自他的突发奇想，都能在幽默中展现出无限的可能，并引导人们对生活进行思考。

卡洛·费拉里斯（Carlo Ferraris）

　　1960年生于意大利塞西亚，1985—1989年在米兰布雷拉美术学院学习。现工作、生活于纽约。

影像的力量：小洲动态影像计划

利利布勒罗进行曲 Lilliburlero
/1997/ 单频录像 / 彩色 /2'

密歇根惊魂 Michigan Parallel
/2001/ 单频录像 / 彩色 /1' 39"

40° 44' 51.48" N   73° 59' 30.31" W
/2008/ 单频录像 / 彩色 /1' 16"

▲
李学而 / 项目助理点评：

　　在看到《40° 44' 51.48" N   73° 59' 30.31" W》这个短片之前，我从未想过一台相机和一张木桌也能玩出这么多花样来。这个作品最吸引我的地方首先是标题。这个标题相当特别，是个精准的经纬度。在这个经纬度上，除了一张白色木桌以外，什么都没有，而作品则展示了用相机记录这个位置的13种可能性。公式化的命令和不停变换的拍摄方式，视角、焦距、光圈等参数的不断调整，就是这部影片的全部。仿佛有强迫症一样，作者极用心地去展示这些被认为"不被需要""没有意义"的场景，就像是幼童自己和自己做游戏一样。

　　不得不提的是，当冷硬刻板的声线和相机拍摄出来的这些无聊的场景组合在一起的时候，却碰撞出了另外的幽默感。就像是实验一样，一步都不能错的仪式感，和作品中随性自由的拍摄题材相映成趣，呈现出了超出我们概念中关于一个简单物体所具有的风貌。

　　不难发现，作者对镜头的表达有自己的一套特别不合常理的方式，这也是我喜欢他的作品的最大原因。精确的形式感和"无厘头"的拍摄对象放在一起，给了我不痛却痒的违和感，但是又通过这样重复的动作，使这种违和感变成了一种合理的、有说服力的存在，仿佛这件事情就应该这么发生，这也是我觉得卡洛作品最厉害的地方。

户外雕塑 Outdoor Sculpture/2009/ 单频录像 / 彩色 / 1′56″

因为今天我没事干 Because Today I Had Nothing To Do/2009/ 单频录像 / 彩色 /1′27″

▲

陈磊 / 项目助理点评：

　　一个陌生人静止站立鸣笛，短短一分多钟，鸣笛声如噪音一般响彻整个街道，行色匆匆的路人纷纷停下脚步，抱着好奇心期待发生什么变化，停下的行人也犹如雕塑一样静止不动——从刚开始的不明情况到仿佛产生共鸣一般地静止下来。而那个陌生人或许在鸣笛默哀，或许单纯只是想制造声响。

　　结果不是最有趣的，其中的过程才是最有趣的，从根本不懂你在干吗，到莫名的好像产生了共鸣，停下来变成一尊尊"雕塑"，潜移默化地产生某些说不清楚的相同的感悟。 不过也并不是全部人都会这样，也有一些人觉得这本身就没有意义，无聊的人才会这样做……但就是这种有时候看似无聊的事情才会更有乐趣。在Carlo的创作中，无聊是被拒绝的，他会去寻找每个行为背后的意义与吸引之处。

▲

赖周易 / 项目助理点评：

　　录像展示了一种类似于"重新认真看看平时和自己朝夕相处、和自己最亲密却不屑于认真仔细观看的人"的做法，一种在常人看来是不可思议、无趣、浪费时间的，而也可以因自己内心的执着变得有意义的做法："我在抚摸我的房子，让我好好看看它，我们会因此变得感情更好，我住在它里面也会觉得很有安全感。"

我已不再沉迷于赢 I'm No Longer Obsessed With Winning/ 2013/ 单频录像 / 彩色 /3' 55"

喷粉枪的味道 Smell Of Powder Gun/ 2011/ 单频录像 / 彩色 /2' 51"

▲

李思韵 / 项目助理点评：

　　在喧闹的大街上，出现得最多的除了熙熙攘攘的人群，还有流动在不同载体上的文字，比如广告牌上的标语、巴士上播放的霓虹字、商场大甩卖的海报等，而这部录像的灵感就来源于此。当我发现说唱的内容正是在纽约街头闲逛看到的这些文字时，第一反应是惊呼：好酷。反正 Hip-Hop 这种来源于种族天赋的音乐，我们只有羡慕的份。

　　从某种程度上来说，Hip-Hop 的真谛就是口水战，只要能快到让别人没法还嘴就赢了。美国的 Hip-Hop 俱乐部就是以此来定一场 rap battle（说唱比拼）的胜负的，所以当我看到这部影片（或许叫 MV 更合适？）的标题 I'm no longer obsessed with winning（我已不再沉迷于赢）的时候，rap battle 的场景在脑中一闪而过。

　　没有对手，不需要引爆众人，不屑于获胜的即兴创作好像更酷一点。

追着球跑的小孩儿
Behind A Rolling Ball Comes A Running Child/ 2013/ 单频录像 / 彩色 /1' 23"

◀

赖周易 / 项目助理点评：

　　这个录像让我想起我小时候有过的一种心理。小时候一个人的时候会想要和一些物品玩（而不是人）。这个录像说的就是这种情况，只要这个物品会动起来，我就可以和它玩得很开心。录像里，球不动，我就踢它动，它动了我就跟着跑，我在跑，它也在跑，形成一种追赶。我不知道 Carlo 是不是这样想的，如果以这种想法来观看这个录像，我觉得还挺开心的，而且我会想一直循环看下去，直到我和球玩累了为止。

有些人觉得多按几次按钮会让电梯快点来 Some People Think That Pushing The Call Button Repeatedly Will Make The Elevator Come Faster/2013/ 单频录像 / 彩色 /3′22″

▲
陈彦伶 / 项目助理点评：

  影片开头先是一片漆黑，接着标题迎面而来，背景声音是人群的嘈杂声和匆忙的脚步声，我理所当然地认为接下来应该是人们在等电梯时焦躁不安的场景，然而出现在眼前的画面却是一群亚洲女子在摄影机前急促地喘气。当我还在期待会出现什么有趣而出人意料的场景时，画面却不再转换了。

  一群亚洲女子整齐地坐着、站着，呼气声、吸气声此起彼伏，呼吸由急促到平缓，就好像平时人们在忙碌了一场、跑了一圈步或追赶巴士之后，从喘不上气到恢复过来一样。画面最后是平静下来之后表情呆滞的女子，黑屏，完。

  戛然而止的作品让人学会思考。影片前后似乎没有联系，稍回想，会发现，这上下文对应着呢。在高压的生活状态下，人们总是忍不住匆忙，就像上瘾了一样，等电梯的一两分钟也等不起，尤其在发展很快的亚洲特别明显。反复按键并不会使电梯来得更快，人们不是不知道这个道理，但是就是忍不住，这是一种病态行为。然而匆忙过后呢？好像做了很多事，好像又没做什么事，无效的忙碌最后留给人们的，就是一脸呆滞。

  艺术家的构思十分独特，短短几分钟内，简单的两个画面，留给了观者无限惊喜和启发。

从木星归来 Return From Jupiter/ 2013/ 单频录像 / 彩色 /1′54″

哐 Bang-bang/2014/ 单频录像 / 彩色 /38″

A/2014/ 单频录像 / 彩色 /1′ 41″

27 个必备工具 27 Must-Have Tools/2014/ 单频录像 / 彩色 /2′ 52″

了断 Bang/2014/ 单频录像 / 彩色 /23″

再见收音机 Radio Goodbye/2014/ 单频录像 / 彩色 /1′ 38″

第十二回：影观武汉——武汉影像艺术家群展

艺术家：蔡　凯、蔡　鹏、简小敏、李巨川、李　珞
　　　　李　文、李　郁、刘　波、刘　凡、刘纹羊
　　　　路昌步、梅　健、汤孟元、炭　叹、陶　陶
　　　　王静伟、王晓新、魏　源、袁晓舫、周　罡
　　　　祝　虹、张彦峰
策展人：肖　尧、尚季惟、邱　涛
学术支持：袁晓舫、李巨川
项目策划：胡　震、杨　帆
项目助理：李思韵、李学而、陈　磊、赖周易
　　　　陈彦伶、刘　一、毛彦钧、梁惠茹
　　　　张绍洋、吴旭新、王　凯、成　川
　　　　（广州美术学院艺术与人文学院本科学生）
主办：你我空间
鸣谢：33当代艺术中心
展期：2016/04/17—/06/18
地点：小洲人民礼堂

小洲動態影像計劃第十二回 影觀武漢

武漢影像藝術家群展

VIDEOS & EXPERIMENTAL FILMS BY ARTISTS IN WUHAN
GROUP EXHIBITION OF WUHAN ARTISTS
THE PROJECT OF MOVING IMAGE XII

（排名不分先後）

蔡凱　簡小敏　李巨川　李珞　李文
劉波　劉紋羊　劉凡　梅健　路昌步　李鬱
湯孟元　魏源　王靜偉　王曉新　袁曉舫　炭嘆
張彥峰　周罡　CPYY（蔡鵬+陶陶）　　祝虹

策展人：肖堯　尚季惟　邱濤
學術支持：袁曉舫　李巨川
項目策劃：胡震　楊帆　YANGFITTI
設計執行：邱濤　　　　DESIGNED BY QIU TAO

2016.04.17—2016.06.18
週一至週五 14:00—18:00
週六、週日 11:00—18:00

廣州市海珠區小洲人民禮堂 你我空間

主辦： 　　特別鳴謝：

策展人语（一）

文 / 肖 尧

　　自 20 世纪 80 年代末影像艺术开始在国内出现以来，至今（2016 年）走过了将近 30 年。从最初的"记录"到当下的主流艺术形式，武汉的影像艺术家们始终在这条道路上坚持着自我的创作与探索。然而，影像艺术一直以来并未得到应有的关注与重视。"影观武汉"展览试图通过艺术家个案研究和群体主题展的方式，力求重现武汉影像创作的发展历程，展现武汉影像艺术家独特的创作方式和社会语境。

　　李巨川早期的录像创作从"行为"记录开始，逐步转变到独立的行为录像和实验电影的创作。通过强调被拍摄物、摄像机与人三者之间的关系，艺术家在作品中显现出对于时间与身体在建筑学语境下的思考。在早期的录像创作中，李巨川拍摄电影的经验以及观影的经验成为他电影和录像实验中较为重要的一部分。

　　作为一名海归，李珞电影作品的内容总是隐晦地反映现实，经常会让我们怀疑，镜头下的画面究竟是一部有剧本的电影还是一部对生活的纪实。

　　李文关注都市另类人群的生活状态，并以录像的方式记录他们生活中的喜怒哀乐。他的作品不多，却极具武汉地域色彩。对于爱恨情仇的抒发，李文在作品中强调最直接的情感宣泄。

　　李郁、刘波的影像作品力求重现新闻事件的现场，观众在观看镜头中的"新闻现场"时，在场性被格外突出。精确的画面布置和细节化处理，使得新闻主题表现出一种严肃的荒诞感。

　　袁晓舫的艺术创作是从绘画开始的，他的录像作品体现了自我的创作理念。他的作品并不复杂，简单的构造和形式反映出他对于当下的思考和隐喻。

　　源于袁晓舫老师在影像创作上的身体力行，一批青年艺术家紧跟其步伐，不断丰富武汉地区的影像创作，多元化的展示是此次展览的重要内容。"武汉·城市"专题集中展现了艺术家们对于武汉、对于城市的观察与思考，从作品中我们可以看到艺术家们眼中的城市，感受到武汉特有的气息。现代化的步伐不断侵蚀着我们所生活的城市。面对发展如此迅速的新世界，艺术家也发出了自我的声音。同时，"现代化的呐喊"专题强调了在城市化过程中城市与信仰的关系。"关系·联系"这一主题展现了人与人、人与物、人与社会间微妙的联系，同样也是对城市、对生活的思考。"光·影"力求展现艺术家对光与影的捕捉，是武汉艺术家独特的创作主题，武汉艺术家们似乎更加热衷于表现真实却又虚无的光与影。同时，光影同摄像本身有着密不可分的关系。

　　影观武汉，不仅仅是为了观察武汉特有的地域特征，更在于通过影像作品去观看艺术家们特有的创作与表达方式。通过对早期影像创作的回顾和当下影像创作多元化的展示，力求对武汉地区影像艺术的发展历程进行较为全面的呈现。

策展人语（二）

文 / 尚季惟

  2007年我曾到过一次武汉。当时夜幕时分，我风尘仆仆地路过武汉长江大桥，连黄鹤楼都没仔细瞧瞧。十年之后再次来到武汉，我从十几岁的小孩变成了20多岁的艺术学生。这一次我细细端详了这座城市，当年令我印象深刻的水泥高楼被毫无特色的现代化建筑所替代，长江大桥也不再是那个必去的观光景点。2011年的全面建设，让武汉成为商品房林立、地铁公交穿梭的国际化大都市。

  我们无法阻止发展，然而毋庸置疑，令城市最终完整的终究是在那里生长的人，而只有接触那些人之后才能体会到武汉的真正内核，艺术家更是如此。与武汉艺术家们短暂的会面，令我深信躁动的经济发展并没有将武汉人同化。那里的艺术家们在以一种平静的状态生活和工作，他们并没有变得焦虑和急功近利。在他们的作品中，我看到了中国人坦诚的一面，也看到了武汉人直率、冷静而睿智的特点。尽管风趣、直白，但他们的作品往往直击痛点，不经意间是大智慧的流露。

  可以想象，当小洲人民礼堂与这些充满实验性的作品相遇后会擦出怎样的火花。今年入夏，广州与武汉这两座纠葛颇深的城市，在你我空间开诚布公地聊着各自的"心事"，希望你也能参与其中！

李巨川：行为、录像与电影的综合实验

展期：2016/04/17—04/23
地点：小洲人民礼堂

李巨川

1964年生于湖北沙市，1986年毕业于武汉城市建设学院（今华中科技大学）城市规划系，1986年起先后在多所大学建筑系任教。20世纪90年代起，以行为、照片、录像、场地装置等方式进行建筑实践，同时进行相关的写作、演讲、教学与展览。现居武汉。

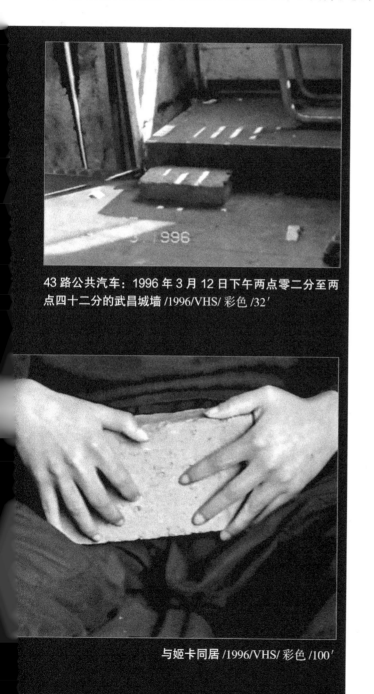

43路公共汽车：1996年3月12日下午两点零二分至两点四十二分的武昌城墙 /1996/VHS/ 彩色 /32′

与姬卡同居 /1996/VHS/ 彩色 /100′

武汉的43路公共汽车为环行公交，其线路与原武昌城墙位置大致重合。1996年3月12日下午，我在43路公共汽车起点站（武昌火车站）将一块砖放到一辆即将出发的车上，车开出后，我在公交车站附近闲逛；当那辆车环行一周回到起点站后，我上车将砖取回。我的一名助手用摄像机记录了砖在车上的情形。

这个录像记录了我与一块红砖一起观看西班牙语电影《姬卡》（又作《基卡》）（Kika/1993/导演阿尔莫多瓦）的全过程，画面自始至终是我双手抱着砖的特写，画外音是《姬卡》全片的声音。

一条武工大的狗 /1997/Hi8/ 彩色 /32′

我用摄像机跟踪拍摄武工大（我当时任教的学校武汉工业大学的简称）校园内的一条狗，直到无法拍到它为止。

是戈达尔布置的作业吗？ /1997/Hi8/ 彩色 /30′

我通过摄像机阅读了乌利希·格雷戈尔《世界电影史》中文版（中国电影出版社 /1987）中有关"让－吕克·戈达尔"的整个章节。

南方公路 /2013/ 单频高清录像 / 彩色 /77′

我搭乘朋友的车沿广深高速从广州驶往深圳，用一台摄影机记录了沿途的景象，电影《秘密图纸》（1965/八一电影制片厂 / 导演郝光）的声音伴随全程。当电影结束的时候，车开到了深圳的一处海边。我少年时代从《秘密图纸》这部电影第一次知道"深圳"这个地名，这部故事主要发生在广州的电影，最后10分钟的情节是，国民党女特务从广州逃往深圳，试图从此地越境外逃，最后在到达深圳的一处海边时，被早已埋伏在那里的公安人员和民兵逮捕。现在，我将两个不同的时空重叠在一起，希望以此呈现出中国珠三角地区在社会与地理景观上的一种巨变。

李巨川访谈：我喜欢这个没有中心的城市

采访人：U&M/ 肖 尧

李巨川作为武汉影像艺术的早期实践者，推动了武汉影像艺术的发展。同时，作为一位严谨的学者和建筑师，他的作品蕴含着较为深刻的创作理念。在访谈中，李老师为我们解释了对镜头语言的选择以及他的建筑理论，并讲述了作品创作背后的故事和他对于城市空间的看法。

U&M：我发现您大部分作品都是以一种单镜头的方式来进行拍摄的，这种单镜头的运用对于您作品思想的表达是否有特别的作用？

李巨川：不是大部分作品都是单镜头，而是所有作品都是单镜头。我说一下我为什么用单镜头吧。我是接触了摄像机这个东西之后才对录像产生兴趣的。之前我是电影爱好者，喜欢看电影，现在你们可以看到的那些实验电影、先锋电影，以前是看不到的，那时我们是从书上看的，所以我说我的电影经验很大一部分来自书，通过书来了解这些电影。像安迪·沃霍尔的作品，《帝国大厦》那8个小时是一个镜头拍下来的。这个可能跟天生的兴趣有关，我可能喜欢极少主义这一类的东西，所以一开始就对美国先锋电影中被称为"结构主义者"的那些人感兴趣，安迪·沃霍尔、迈克尔·斯诺，都是这种。当然沃霍尔是最极端的，一个镜头竟然拍那么长。一开始我就对沃霍尔这种拍摄方式感兴趣，所以当我自己拿到摄像机时，自然而然地就选择了这种方式。我的创作还有一个前提，就是我觉得录像这个东西跟电影有很大的区别。在小型摄像机发明出来之后，大家发现它能使个人的写作成为可能，我们能够在电影工业之外进行一种个人的写作。这是大家比较关心的一个方面。另一个方面就是摄像机还跟我们的身体建立了一种联系，这是电影摄影机所不具备的。它不仅能够记录我们看到的，还能够记录下我们的身体活动，比如我们的呼吸、颤抖等，它跟我们身体之间有更加密切的关系。这一点其实是我选择录像来进行我的建筑实践的一个重要原因。我选择录像作为建筑实践的工具有两个方面的原因，一个是它是基于时间的媒体，另一个就是它与身体的关系。时间这一点它跟电影是一样的，身体是它特有的，这两样东西正好是被西方建筑学排除在外的两样东西，而我要做的建筑实践就是把这两样东西重新弄进来。同时身体也是时间性的，身体是以时间形式存在的。我的建筑实践是要在我的身体与身处的环境之间建立一种关系，这个关系当然也是时间性的，所以当我用录像来建立这一关系时，当然是不能关机的。一个没有中断的镜头才能记录下这个过程，才能记录下这段以时间的形式存在的空间。我是用摄像机来进行建筑实践的。简单地说就是两个方面：从电影爱好方面来说，我就是喜欢单镜头；从我的建筑实践方面来说，它只能是单镜头。

U&M：您刚刚提到了时间的概念，您的作品比如《建筑测量：24层有多高》《43路公共汽车》都跟时间有很密切的关系，请问"时间"在您的录像作品中的地位是怎么样的？因为很多人对于这种建筑学并没有太多的了解，我想称之为"时间建筑学"不知道合不合理？您可不可以给我们讲解一下这种建筑学理论？

李巨川：首先需要了解什么是建筑学。建筑学是一种来自西方的特定的知识形式，而我们今天所有的建筑实践都是由建筑学这个知识形式来主导的。在建筑学之外的建筑实践就不被认为是建筑实践。比如说,其他的一些非西方国家非西方文化中的建筑实践,就会被称为"没有建筑师的建筑"。我不知道你们听说过没有。这就是建筑学的概念。建筑必须有建筑师,一个知识分子式的艺术家式的角色。西方建筑学还有很多东西,我们现在的建筑实践是由建筑学主导的。我们现在发现建筑学有很多问题,它排除了很多东西,尤其是它把身体经验和时间经验排除在外了。西方建筑学的基础是几何学,几何学是没有时间的,而且几何学必须没有时间,如果有时间在流逝,在流动当中的话,那么对空间的测量、空间的讨论就没有办法进行。它必须假设时间是不存在的,是静止的,它才能讨论空间。建筑学是建立在几何学基础上的,准确地说是欧几里得几何学,所以它把时间经验和身体经验都排除在外了。但是,实际上我们的建筑经验是不能排除时间经验和身体经验的。建筑物还是和时间有关,比如有一种说法认为,完美的建筑只存在于最后一块砖放上去时的那一瞬间,然后它就开始了一个缓慢的走向死亡的过程,就跟我们的生命一样。也就是说,时间因素其实一直就在建筑里。虽然现在技术发达了,但是我们盖房子还是要靠建筑工人的身体去完成,身体的成分还是在里面。我想做的就是让身体经验和时间关系重新进入我们的建筑实践当中。我对建筑的定义是,我们的身体与身体所处的世界之间所建立的一种关系,一种空间上的关系,我把它称为"建筑"。这种关系过去曾经通过建筑物这种物质性的构造来达成,这种物质性的建造为我们的身体和精神提供庇护。我认为在我们现在这个时代,建筑物已经不能完成这样一个任务了。就是说,我们的身体和精神在今天如何才能得到庇护,可能需要另外的方式。我认为我们可以通过更广泛的建筑实践,不是以建筑物为中心,不是仅仅由建筑学所定义的建筑实践,我们可以通过很多别的方式,在我们今天的条件下,来重新建立这样一种关系。实际上我建议的是一种无所不在的建筑实践。就像我现在坐在这个地方,我就需要和这个环境建立一个关系,那么这个时候建立的这个关系,我就称之为"建筑"。这个关系是一个空间上的关系,但同时也是时间性的。选择录像的原因是它正好可以完成这件事情,所以我通过摄像机来让我的身体与环境建立关系。而这个录像拍下来的东西,那些影像,既重要又不重要。说它不重要是因为它只是关系中的一端,并不是关系本身。这个关系是通过摄像机这个中介,由身体与环境构建的,录像记录下了这个关系存在的这段时间,是这个时间性的空间关系曾经存在过的一个痕迹,但是它本身并不是那个关系,所以它是不重要的。说它重要是因为只有通过这些影像才能够证实这些关系曾经存在过,它是这些关系存在的证明。

U&M: 我比较好奇的一点是,您的作品表达了对两种事物的怀念:一是对古建筑,即《43路公共汽车》的原武昌城墙、《北京城墙2000》的原北京城墙;二是对人,即《测量建筑:24层有多高》的陈宝莲、《演出》的涅槃乐队主唱科特·柯本,这种对于事物的怀念在您的作品中是否有独特的含义?

李巨川: 其实并不是我要去纪念。首先,纪念涅槃乐队主唱科特·柯本是武汉的一个音乐电台要纪念,然后组织一些乐队演出,我只是负责记录这场演出。武汉朋克他们最早的演出都是我记录下来的,当时也是因为我刚刚接触摄像机,对拍摄比较感兴趣,然后我也有创作的想法,所以也是按我的方式,一个镜头拍完。至于怀念古建筑,我认为我的作品绝对不是对过去的怀念,而恰好是对现在的肯定。比如北京城墙这个,当时是他们要纪念梁思成一百周年诞辰,征集梁思成纪念馆的方案,因为梁思成曾经为保护老北京、保护北京城墙做出过很大努力,所以很多人做了怀念古建筑的方案,确切地说,是怀念曾经有过的那些东西。而我恰好相反,我是选择了当代青年,当时被称为"新新人类",我找了两个北京女孩,我这个作品恰好想说明,如果城墙没有拆掉又会怎么样呢?在这个地方可能还是这样的景象,还是这些新新人类。我想说此时此刻的生活才是有意义的，过去是没有意义的。所以你的理解恰好相反了，我对古建筑毫无兴趣，更不想让我们这个世界恢复成古代的样子。我关心的是在我们这个时代，在现在的条件下，此时此刻我能做什么，我能够利用现在这个条件做什么。武昌城墙同样如此，我选择公共汽车，一个今天的交通工具，是想说明这才是我们今天的空间。再说怀念人，我觉得怀念人这句话有点空洞了。应该具体地说怀念什么人。我是对于弱者和卑微的个体的纪念。我关心的问题是，高层建筑在我们这个时代成为一种抽象的符号，成为一种文化的象征，象征着发展，象征着这个城市的现代化程度、发达程度，我们的电视台也是以这样的城市景观作为片头的，很多的纪录片也要拍这些高楼大厦，证明这个城市的现代化程度、发达程度。但我想说，它们对于生活在城市中的个体而言可能意味着另外的东西。我想把高层建筑这个象征符号还原成一种物质性的存在，一个对于我们身体来说一点也不抽象的事物。现在因为我们有电梯这种东西，不管是24层还是48层，对于我们身体来说区别不大，我们只是在一个抽象数字的表格里面勾选一下，我们只是选格子，我是勾24还是勾48，然后我们就等着，身体不需要做任何事情。但是，事实上它仍然是一个物质性的事物，对我们身体还是有意义的。比如停电的时候，24层与48层就是完全不一样的概念。所以我的作品是关心这样一个问题：已经成为一种文化符号的高层建筑，对于我们的身体还有什么意义？

U&M：还有一个现象是，您的作品《与姬卡同居》和《南方公路》都是以一个时间流来记录的，但是它们的声音流媒体却是运用了先前的一些电影作品，声音与图像的错位是否有一些特殊的含义在里面？

李巨川：其实就是一个对位，就是用另外一组声音来跟这边的图像对位。不过《与姬卡同居》还不太一样，那个其实是一个有声源的声音，不是我配的声音，而是在一个现场被记录下来的声音。这个声音在这里实际上意味着另一个空间的存在，画面之外的另一个空间，阿尔莫多瓦电影的空间。从录像本身的效果来看，这个与画面不相干的声音，肯定会让画面产生丰富的含义。但更主要的是，这个声音表明了一个空间关系的存在，就是我在看电影，同时摄像机又在拍我，拍我的手。这个空间关系在画面中是不能直接看到的。

U&M：《秘密图纸》这部电影同您创作的《南方公路》之间有什么联系？

李巨川：这部作品是为参加深圳建筑双年展专门拍摄的。当时想拍一个跟深圳这个城市有关的作品，然后我就想到我第一次知道深圳这个地名，是在中学时看《秘密图纸》这部电影知道的。这部电影的主要情节发生在广州，但是它的最后一段，差不多有10分钟的情节，是国民党女特务要从深圳逃跑，她搭乘一辆解放军的车从广州逃往深圳。我觉得这个很有意思。所以我就想用这个片子来做一样东西，算是我对少年时代的一个经验的一次处理。我就去查了一下路程，发现正好一个多小时的样子，正好符合这部电影所需要的时间。这样前面一大半其实是错位的，但到最后10分钟正好重合了。最后一段是女特务坐解放军的车逃往深圳，它的时间不是一比一的，但也一直在公路上，最后到达一个海边。我们的车最后也开到了一个海边。这个事情非常有意思。这个空间和地理景观发生了非常大的变化，以前都是一些渔村，现在是工厂和高楼大厦。我想用这部红色经典把社会和地理景观的巨大变化呈现出来。

U&M：您对武汉这座城市有没有一些不一样的感情？您的创作同这座城市有没有关系？

李巨川：我对武汉这座城市还是非常感兴趣的。20世纪90年代的时候我曾经称它为一个解构主义的城市，一个没有中心的城市。罗兰·巴特在《符号帝国》里称东京是一个没有中心的城市，即使有（皇居），这个中心也是空的，只是一个象征性的中心，实际上已经不发挥作用了，东京真正发挥作用的是其他的地方，比如银座、新宿等商业繁华的地区，所以它的中心是空的。当时看罗兰·巴特这本书我就发现武汉也是这样一个地方。武汉的中心在哪里？中国的每座城市都有一个中心，北京是最典型的，天安门广场，上海是人民广场，每座城市都有一个这样的中心。但是武汉却是没有中心的，武汉的中心从地理上看是在长江大桥，武汉三镇的中心是在长江，一个流动着的、空的中心。所以武汉是一个没有中心的城市，它只有一个流动着的中心。然后我发现武汉各方面都体现出这样一种特征，比如说武汉话，什么是标准的武汉话？武汉每个区讲的话都不一样，隔一条街都不一样，就是在老城区武昌这边，跟我住的那块讲的话也不一样。青山那边又不一样，那边是武汉钢铁公司所在地，武钢那个地方很多人都是从东北过来的，他们那边完全是另外一种武汉话，是从那个地方发展出来的一种武汉话。且不说这些特殊的地方，就是一直融合在一起的一些区域，硚口区、江汉区这些地方，讲的话都不太一样。其实我一直想做却没有做的一个片子，就是关于武汉话的，然后去问很多人，你所认为的正宗的武汉话是什么样的。我在武汉听过很多种不同的武汉话，但他们都说自己是正宗的武汉话，并且他们互相也认可对方。所以我觉得这个方言现象也说明了这个城市的混杂性，以及没有中心的状态。我挺喜欢这座城市的。

U&M：这对您的创作是否有影响？

李巨川：我最早的作品、最早的行为都是在武汉的城市空间中做的。这些作品很大程度上是对我在这个城市生活的经验的一种处理。从我早期作品应该可以清楚看到，包括坐公共汽车、坐轮渡，还有在这个城市无所事事地闲逛。我的《在武汉画一条30分钟长的直线》就直接来自我在这个城市到处闲逛的经验。这部作品就是以自己的方式加入这个混乱的城市之中，通过自己的方式在这个充满了混杂性的城市空间中创造自己的空间。我觉得混杂性是武汉的一个重要特点。它混杂了很多东西，既有国际化的所谓最先进的东西，也有还是属于县城、农村所谓落后的东西，它们都同时在一个地方存在着。所以这个城市非常有意思，它其实也是一个典型的中国城市，是比北京、上海更能代表中国的城市。

U&M：您之前有没有在广州做过展览？

李巨川：做过，参加过广东美术馆的一次展览，做过一条红线嘛，那部作品叫《一条穿过广东美术馆的红线》，2003年的时候，当时是参加一个展览，吴鸿策划的一个展览。广州就做过那一次。

第十二回：影观武汉——武汉影像艺术家群展

小洲動態影像計劃第十二回
THE PROJECT OF XIAOZHOU VIDEO XII
影觀武漢之
VIDEO OF EXPERIMENTAL IMAGE BY ARTISTS IN WUHAN

李 珞：
亦實亦影——以電影反觀現實

策展人：肖亮 尚李惟 邱濤
學術支持：袁曉舫 李巨川
項目策劃：胡震 楊帆
設計執行：邱濤

廣州市海珠區小洲人民禮堂 你我空間
2016.04.24—2016.04.30
週一至週五 14:00—18:00
週六、週日 11:00—18:00

展覽作品：
● 我前幾天去了一趟動物園 (2009)
● 河流和我的父親 (2010)
● 唐皇遊地府 (2012)
● 李文漫遊東湖 (2015)

主辦：   特別鳴謝：

李珞：亦实亦影——以电影反观现实

展期：2016/04/24—04/30
地点：小洲人民礼堂

李 珞

出生并成长于湖北。在加拿大约克大学获电影制作专业艺术学士和硕士学位。

本片记录了加拿大动物园里的动物与游客的一天，曾在柏林军火库电影院（Arsenal Kino）上映，并入选阿根廷国际独立电影节"Cinema of Future"竞赛单元。

李珞根据父亲的一篇自述拍摄了这部电影，电影混合了纪录片和剧情片的元素，向我们讲述了李珞祖父、父亲以及他少年时的生活故事。

我前几天去了一趟动物园 /2009/ 加拿大 / 黑白 /70'

河流和我的父亲 /2010/ 中国 / 黑白 /75'

第十二回：影观武汉——武汉影像艺术家群展

唐皇游地府 /2012/ 加拿大 / 中国大陆 / 黑白 /67′

李文漫游东湖 /2015/ 中国大陆 / 黑白 / 彩色 /117′

　　本片改编自小说《西游记》第九至十一回。作品延续了与水的关系（继《河流和我的父亲》之后的又一部与水有关的影片）。龙王和袁守诚在东湖畔因为利益纠纷（鱼、虾）而进行的有关雨水的赌博，成了玄奘西天取经的契机。布列松式的黑白与表演，在当代中国重演 16 世纪明朝中叶的小说家对唐代传说的想象与重构。片中的演员多是李珞在武汉的艺术家朋友，黑帮群男题材与当代艺术圈高度重叠，带出了一场鬼神与世俗的融合神仙会。影片获 2013 年温哥华国际电影节"龙虎奖"。

　　影片讲述李文在东湖周围寻找一个"精神病人"的故事。这部影片受"东湖艺术计划"启发，并以此为契机，通过模糊纪录和虚构界线的方式展现了东湖边的一些人和事。此片获第 44 届鹿特丹国际电影节亚洲电影大奖提名。

李珞访谈：以电影反观现实

采访人：U&M/ 邱　涛

李珞是我国新生代导演，他的作品可能在类型上无法定位——建立于常规电影的框架之上，却充斥着大量的实验精神。在访谈中，李珞导演向我们阐述了他的创作理念，以及他作品中那些独特、独到、独有的手法。

U&M：请问您在进行创作时有没有哪些作品对您产生比较深刻的影响？

李　珞：我喜欢电影史上具有影响力的作品，所以一时间也说不上哪一部对我的影响比较深。我的兴趣比较广泛，一些小众作品，如黑色电影、实验电影我也看了不少，这些作品可能都对我造成了影响。在实验电影方面，加拿大的 Michael Snow、美国的 Stan Brakhage 等人的作品，还有很多20世纪五六十年代以来的实验电影对我的影响也挺大的。对于特别喜欢的导演，我会看得比较细一点，反复地看一些作品。但在创作自己作品的时候我并没有想他们会对我有什么影响。

U&M：有没有想过怎么去定位自己的电影？

李　珞：其实我没有想过怎么去定位自己的作品，也不太在乎怎么去归类我的作品，我很少考虑这个问题。当我在拍一部作品的时候，我会用不同的拍摄方式去进行创作，纪录片或者艺术片的处理方式都会在我的作品中出现。从策展的角度讲，我觉得可能我的作品会被归类为艺术片，因为它们不是常规电影，这些作品可能对观众的要求也相对高一些。当然，我觉得观众也不需要很深厚的电影知识背景，如果观众能够保持开放的心态去看我的作品，他们应该也能接受。

U&M：在您的作品《河流和我的父亲》中，有一封很有意思的邮件，这封邮件打破了原有的维度，像这样加入另一个维度的元素在电影里，是基于怎样的一个选择呢？

李　珞：《河流和我的父亲》这部作品其实讲的是我们家几代人关于童年的回忆。这部作品最初是我硕士研究生毕业作品，剧情的、纪录的和实验的元素在作品里面都有。我制作完这部作品之后，寄了一张 DVD 给我的父亲看，电影里面的邮件是他看了影片后发给我的。这封邮件很有意思，对我的触动挺大的，所以我就放到了片子里面。实际上这封邮件让这部作品有了新的思考。加了这个维度以后，片子也更丰富了。我并不认为观众会觉得"出戏"，毕竟这也不是一部常规电影，我希望这部作品是站在新的角度去反思、去回顾。另一方面，我和父亲的对话说明我们对这部作品有不同的想法，这也是两代人之间对电影这种表达形式的不同理解而进行的交流。

U&M：在您的另一部作品《李文漫游东湖》中，第一幕和第二、三幕的风格可以说完全不同，可以看到从纪录片到剧情片的一个风格上的转变，您是怎么考虑这个问题的？

李　珞：我在创作的时候并没有把自己限制在常规纪录片或者说剧情片当中，我觉得两者是可以相通的，纪录部分可以和剧情部分连接起来，而拍剧情部分的时候也可以使用很多纪录片的方式去拍摄。演员也可以有很多即兴发挥。在剧本方面，有的地方并不会写得很详细，有时是在现场和大家进行沟通。第一幕基本上就是按照纪录片的形式来拍的,实际上第一幕中的很多事情都是真实发生的,比如东湖机场的那个会议就是某位艺术家的作品,当时我就把它拍摄了下来。拍摄的时候我并没有严格区分是纪录还是剧情,只是把它们放在一起来看待,在后期剪辑的时候我再尝试采用各种不同的方式。我本身的出发点其实也不是要打破纪录片和剧情片的界限,主要考虑的是我自己对于这部作品的感受,慢慢摸索才找到一个合适的方式。我也希望观众不用多想怎么去定义这部作品。另外,我熟悉的这些武汉艺术家非常具有独立精神,也许是这个地方孕育出来的一种态度,我觉得这种态度在这部作品中也有很好的体现。

U&M:《李文漫游东湖》这部作品情节上可能处理得相对比较随意,而李文这个人非常突出,同时对于李文这个角色在片中的设定并不清晰,能否谈一下您是基于怎样的考虑?

李 珞:我并不想把李文这个角色设定得很明显,你可以把他看成一个业余爱好收藏老照片,同时学过美术的警察。有些场景来自演员的生活,有些场景则是现实和虚构糅合在一起的。李文本人在现实生活中和在影片中扮演的角色之间的界限比较模糊。在影片里面他很多时候并不像职业演员一样去扮演这个角色,实际上他就是在演他自己,很多场景就是基于他生活中真实发生的事情。比如他当时画了一幅画送给他的领导,这件事情就是他生活中发生的事情,而我们在影片中稍微做了一些改装,把这段情节放到了影片里。其实很多人,特别是像李文这样在某个系统里的人,他们在生活中经常会扮演很多不同的角色。我觉得每个人在生活中也是这样的,在不同情况、不同情境下,都会有一些表演的因素在里面,我对于李文这个角色的设定也是基于这样的考虑。

U&M:这部片子有很多即兴表演,可以看出片中并没有请专业的演员,那么故事的完整性可能在此前是不可预估的,基于导演本身的判断,你是有意识地把这种直觉贯穿到电影里面吗?

李 珞:如果想要表现真实的话,有时候并非一定要按照专业演员的表演来进行。在我的作品中,有部分情节是根据演员来设计的,他们更多的是在展现他们自己,而不是在表演一个和他们不一样的人。这种方式在我的这部作品里是可以成立的。当然这肯定是冒险的,因为拍之前并不知道会是怎样的一个结果,要慢慢地摸索。但我觉得有一些随机偶发的东西是可遇不可求的,而用很死板的方式去拍电影,可能这些东西就没有了。《李文漫游东湖》这部作品和我之前做的作品不太一样。首先,我和李文非常熟悉,他对于某些事情的反应我是有所预料的,我在设计这个角色时也是基于对他的这样一个认识。我们在拍摄的时候大部分场景事先有一个计划,但并没有像拍常规电影那么严格。有一些场景是在现场根据具体情况去即兴发挥的。比如李文和小铁争吵的那场戏,我在生活中看到过他们激烈争论,他们对彼此也非常熟悉,所以在拍的时候我希望他们能够重现这种状态。但第一次拍这场戏的时候并不成功,第二次我们做了很多的沟通才取得比较满意的效果。可能看起来他们非常自然,但我还是会尝试去控制。控制演员表演的这个度需要很好地把握,要慢慢去尝试才知道最合适的点在哪里。

U&M:您的作品都是按照院线长度去完成的,对于"如何被观看"这个问题,您更希望您的作品以怎样的方式被观众看到呢?

李 珞:我更愿意自己的作品在电影院里被大家看到,但可能有的电影院并不会放我的作品。但现在看电影的方式也有很多,比如美术馆,或者投影厅。实际上,我的作品并不像一些制作水准非常高的电影那样需要非常优良的视听设备去播放。不过我还是倾向于我的作品在一个传统的电影院里被观看，当然其他方式我也能接受。在美术馆现在也能看到一些很接近电影的作品，我们可以称之为短片，也可以称之为影像艺术作品，这样的展览方式也非常好，我觉得现在的电影或者实验电影和影像艺术之间的界限并没有那么清晰，它们之间很多区域是重叠的。

U&M：关于这个武汉青年艺术家群展，这样一个热衷于本土文化的艺术家群到另一个城市去展出关于他们的东西，您作为其中一员，对此有什么看法？

李 珞：在观看另一个地方的作品群展时，观众或许希望看到更本土化的东西，这样也可以让观众对广州本土文化产生更大的兴趣。比如说，各个地方的戏曲都是用他们的方言来表现的，外地的观众看，仍然会发现一些很有意思的东西。参加这次展览的艺术家对于武汉这座城市和居住在这座城市里的人有很深的了解，他们的作品都不流于表面，而是深入日常生活，我觉得这是这个展览比较有意思的一点。

第十二回：影观武汉——武汉影像艺术家群展

小洲動態影像計劃第十二回
影觀武漢之
李文：另類人群的生活紀錄

THE PROJECT OF MOVING IMAGE XII
VIDEOS/EXPERIMENTAL FILMS BY ARTISTS IN WUHAN

策展人：肖堯 尚季惟 邱濤
學術支持：袁曉舫 李巨川
項目策劃：胡震 楊帆
設計執行：邱濤

2016.05.01—2016.05.07
週一至週五 14:00—18:00
週六、週日 11:00—18:00
廣州市海珠區小洲人民禮堂 你我空間

展覽作品：
● 怨恨 (2003)
● 老張和小張 (2013)
● 塵世迷殘 (2013)

主辦：   特別鳴謝：

李文：另类人群的生活记录

展期：2016/05/01—05/07
地点：小洲人民礼堂

李 文

生于湖北黄石，曾就职于湖北美术学院、武汉大学，现生活在武汉。

尘世迷残 /2003/ 单频录像 / 彩色 /30′ 11″

关于跨性别者的生活记录。

老张和小张 /2003/ 单频录像 / 彩色 /12′ 22″

讲述的是 70 岁的老张和 20 岁的小张之间的情感故事。

怨恨 /2003/ 单频录像 / 彩色 /11′ 13″

短片叙述了三个不同环境的骂人事件。

李文访谈：地域与兴趣对创作的影响

采访人：U&M/ 尚季惟、陈 萌

U&M：您认为地域对艺术家的创作会有影响吗？您是武汉人吗？

李 文：我应该算是武汉人，我妈妈是武汉人，我是在黄石长大的，但小时候亲戚也都在武汉，所以基本上算是武汉人吧。我觉得地域当然很重要，因为地域决定风土人情，像你们南京人（指采访者），一看气息就不一样。

U&M：您能说说您和李郁老师在湖北美院是怎么认识的吗？

李 文：其实没有太多的接触，主要是机缘巧合。我接触的人不仅仅是学校这一块，和整个艺术生态的人接触也比较多，我对以前一些乐队和社会人士自发拍摄的作品很感兴趣。学校没有太大兴趣搞这个，主要还是民间组织。我们是通过媒介认识的，但那个时候比较早，当时我在湖北广播电视大学电教中心工作，李郁和我分到一个办公室，他喜欢拍照，1995年的时候就做一些图片作品，那时在武汉甚至国内做这个的人也不太多，主要是北京宋庄一些艺术家在做一些图片。我是武汉比较早做图片的，利用图片做一些行为艺术，比如牵一匹马进我的房间。当时我单身，住在6楼一间只有9平方米的房子，然后想牵一匹马到我房间来。那时我们学校附近比较荒芜，不像现在那么繁华，是个城乡结合部。正好有个农民在放马，我给他40块钱就把马牵到学校来了。当时是星期天，学生几乎都在睡午觉（没有察觉我把马牵上楼了）。马几乎占了我整个房间，特别荒诞，特别过瘾。摄影记录很真实，我觉得这种表达方式挺好的，后来就一直很喜欢照片和影像这种方式。

U&M：听说您的爱好是收藏老照片，请问老照片对您的艺术创作有什么影响？

李 文：通过老照片我们可以看到以前的人是怎么活的，他们已经不在了，如今我们更多地关注自己，所以特别好奇那个年代（20世纪20、30年代的上海）是什么样的。我们的前人有很多东西，看了照片会特别有感触，能让人停下来思考这些人背后的故事，于是便一发不可收拾，特别喜欢。我基本上就是一个不在美院系统的人，我接触了大量不是我们圈子的人，比如收藏家这些社会人士，通过他们我可以收集到老照片。这个过程很长，大概在我做图片作品的时候就喜欢老照片了，已经收藏了差不多20年。非常多的东西在我手上走过，这些照片也在不停地涨价，这让人特别兴奋，以前买回来的现在价值很高了，而且是唯一的，很稀缺，越来越珍贵。人们对地域性越来越模糊，因为互联网，在没有它之前沟通没那么方便，地域差异还是蛮大的。武汉的话，首先武汉城市的高效是位于全国前列的，很密集。有将近50所高校，教育实力很强大。在过去，民国政府也在武汉。所谓"天上九头鸟，地上湖北佬"。说到武汉，人们会想到市民文化，很急躁，和别的地方有些不一样。文化方面，我也认为比较复杂，一下子难以说清楚。

U&M：您觉得这样对您作品客观性的体现有没有影响呢？

李 文：我觉得客观是一个你想象的客观，人都是主观的动物，从理论上来说要如何，实际上你怎么知道其他的东西呢？只要敢于把自己说清楚就行了，我想更多地游离于（所谓"客观"）之外。比如说，拍纪录片的时候，自己在其中的操控之下，有时候会有意外发生。我最讨厌电视台某些人站在一个角度批评他人，所以在《怨恨》中我故意挑衅两个摩的打架，站在拍摄者的角度去传达。

U&M：《李文漫游东湖》（简称《东湖》）是您第一次当演员吗？是什么契机让您加入这部片子？您与李珞是怎么认识的？

李　文：因为我和他是同一类人，所以两人就这么凑到一起去了。我们也不是很熟，他加拿大回来之后，还不知道要拍什么就让我去演，我也很闲，就像你们要来我也特别高兴，像过节一样。他说要演，那也是好事啊，那我就演了。但是《唐皇游地府》（简称《唐皇》）是很死板的东西，要背台词，我是没多大兴趣的。所以这就矛盾了，我表现得很不配合。但是最后吃饭的一幕让我直接讲，我以为拍完了，也不知道是什么东西，也没什么兴趣，演得不过瘾。吃饭的时候聊一聊，像花絮这些没想到被放进了正片，还占了很大篇幅，中间又放了一部分，这一点让我认为他很有自己的想法。他是一个很独特的导演，他拍的东西总和别人不一样，让人有点意外。后来拍摄《东湖》的时候，我演的是一个警察，但实际上他也没交代清楚，很多人问："你怎么身份不明呀？"但是，他有意识地不强调这个。拍得非常写实，和《唐皇》是截然不同的风格，里面我最感兴趣的是穿帮太多了。比如我演警察穿的衣服是保安的衣服，随便借来的。这一点我也很喜欢，看起来漏洞很多但都是匠心独运。但有的东西做得很真实，比如说吵架的场景。（李珞作品里的我）基本上有我的原型，他拍了很多素材，都很震撼。我把我的所有照片铺开，我睡在上面；也有去爬黄鹤楼的一些视觉冲击力很大的东西。还有一些真实的东西，比如我收藏古玩，他陪我去，还见到了马未都。比如我收藏清代的照片，他拍下我收藏的过程，然后在报纸上发表，我去邮局买报纸，把内容都接起来了。这都成大片了，但又是在演戏，结构很严密，跟《唐皇》完全不一样，我感觉非常兴奋。这部片子很多都没有剪，他自己也困惑了，只剪了一小部分，最后就成了《李文漫游东湖》。上次过年的时候他跟我说他想拍一部关于我的收藏的作品，我说可以啊，拍了一阵子，他就没联系我了。他是有想法的，他拍的东西跟中国电影有完全不同的人文气息。包括他拍的河流，比起宋庄或者南京的其他地方，和那些一看就是中国的纪录片不同。他的东西很安静，跟别人不一样，大概是因为他曾经在加拿大生活过，所以非常适合这个环境。艺术的本质是求新求变，他每回到了评奖的时候就能获奖。

第十二回：影观武汉——武汉影像艺术家群展

小洲動態影像計劃第十二回
影觀武漢 之
劉波 李鬱：
身臨其：鏡：——新聞影像中的在場性

THE PROJECT OF MOVING IMAGE XII
VIDEOS & EXPERIMENTAL FILMS BY ARTISTS IN WUHAN

策展人：肖堯 尚季惟 邱濤
學術支持：袁曉舫 李巨川
項目策劃：胡震 楊帆
設計執行：邱濤

2016.05.15—2016.05.21
週一至週五 14:00—18:00
週六、週日 11:00—18:00

廣州市海珠區小洲人民禮堂 你我空間

展覽作品：
● 《慢門》系列 (2016)

主辦：   特別鳴謝：

李郁 + 刘波：身临其"镜"——新闻影像中的在场性

展期：2016/05/15—05/21
地点：小洲人民礼堂

李 郁

1973 年生于湖北武汉，1995 年毕业于华中师范大学信息技术系，现居住在武汉。

刘 波

1977 年生于湖北石首，2001 年毕业于湖北美术学院油画系，现任教于武汉职业技术学院艺术设计学院。

第十二回：影观武汉——武汉影像艺术家群展

慢门 /2013—2015/ 单频录像 / 黑白 /16′ 43″

艺术家自述：

2005年，我（刘波）看到一本画册《纽约黑影：纽约日报新闻档案之犯罪照片录》（*New York Noir: Crime Pictures from the Daily News Archive*），里面收录了许多20世纪二三十年代美国街头凶案现场的新闻图片。我计划复制翻拍这些场景，当我找到李郁提出合作时，李郁建议不如拍摄武汉本地报纸上的社会新闻。

从那之后，新闻一直是我们创作的素材，但新闻的时效性已经不那么重要了，新闻终究会变成过去的故事。我们的作品也不是还原新闻事件本身，而是借用这些文本虚构出另一维度的真实。同时，我们将这种工作方法视为一种容器，我们将我们对生活与政治的态度装入其中。

刚开始我们也没有明确只选择本地的新闻，后来李巨川（艺术家）建议我们这样做。这个建议很好，因为这些故事就发生在我们身边，虽然不是我们亲眼看到的，但其中的人物的状态是我们时刻都能体验到的。另外，武汉本地报纸上的这些琐碎的事情，似乎也可以发生在中国其他任何一个城市，这样就使我们完全没有受限于一城一地。

"每一张静止照片都是一个重要的时刻"（桑塔格语），而录像终究会从你眼前消失。我们早前拍摄的多个系列的摄影作品，以及之后创作的录像和装置，都可以说是企图在针对现实生活和媒体景观展开一种平行叙事。从摄影到录像和装置是一种媒介上的转换，让我们获得更多的表现手段，同时通过录像和装置，也让我们反过来对摄影在时间性和空间性等方面的作用进行思考。

李郁 + 刘波访谈：新的作品就是转变

采访人：U&M/ 肖 尧

刘波、李郁的创作一直以新闻故事为主题，通过对细节的把握和场景的布置，将严肃的新闻主题表现出严肃的荒诞感。近期，他们的创作方式从一直坚持的静态摄影转向了动态摄影，并向着更加广泛的创作形式进行探索。

U&M：据我了解，你们的作品最初是以静态照片的形式创作的，现在转变到以动态影像的形式，这种转变的初衷是什么？

李郁 + 刘波：我们是从2006年开始，在2010年结束所有70多张照片的拍摄，到2011年整个系列作品制作完毕，其中在做第三个照片系列的时候，我们就做了一个"重复"自己的作品，构图是一样的，但取材的新闻内容不一样。虽然艺术家要尽量避免重复，但是我们可以利用这个"重复"。所以在这个系列完成以后，我们觉得照片再继续做下去的话就没有大的突破了，就想用视频的方式来对摄影进行一种阐释，像《暂未命名》是每部6分钟，总共12部，在这个视频作品里，我们还是使用照相机——佳能的5D系列相机的视频功能进行拍摄。其实我们是想用时间来解读摄影,包括《慢门》也是一样的,1秒钟对于照相机来说是非常慢的,但对于视频来说却是转瞬即逝,这也是我们对于摄影的一种研究和解读。拍视频其实反过来是对摄影在观念上的一种理解,摄影在发明的早期是需要用很长时间来曝光一张底片,我们使用数码相机来拍摄视频也就相当于一个长时间的曝光。

U&M:当你们将创作的方式由静态照片转移到动态影像的时候,是否出现了一些技术上的问题和挑战?

李郁 + 刘波:并没有太多技术上的问题。我们原来拍照片的时候用的都是胶片,使用数码相机后,色彩达不到我们想要的效果,不太习惯,所以我们后来干脆就直接使用黑白的表现方式。

U&M:你们最初是出于什么样的原因选择从新闻中挑选主题来进行艺术创作?

李郁 + 刘波:其实最早是从2005年开始,我(刘波)从一个朋友那里获得了一本画册——《纽约黑影:纽约日报新闻档案之犯罪照片录》,它是《纽约每日新闻》中的一些照片集结成的画册,这些照片表现的是发生在20世纪二三十年代美国纽约街头的一些犯罪现场。我们两个在合作之前都在进行各自的摄影创作,我想把这本画册中的犯罪现场复制出来,但工作量很大,于是我就找到李郁,说我们来合作做一些事情。后来李郁提出一个更好的建议,就是拍我们身边的新闻,当时《楚天都市报》在湖北省的发行量非常大,所以我们就选择了这个报纸上的一些新闻。这个报纸上的社会新闻题材特别有意思,而且很丰富,我们的创作能够一直延续到现在也是因为这一点。这些新闻是发生在我们身边的、发生在当下的、发生在中国的,我们每个人的身边甚至我们每个人身上都有可能发生这些新闻。我觉得这个建议非常好,于是我们就开始从事这样一种创作。现实题材取之不尽。不过我们后面也有可能放弃这种创作方式,从事其他新的创作,因为采用这种创作方式到今年(2015年)已经十年了。

U&M:你们在合作中有没有一个明确的分工?

李郁 + 刘波:没有很明确,我们各自做各自擅长的部分,这样才能更好地合作,没有很具体的分工。

U&M:我看到你们制作的照片里面有场景布置,这些场景都是自己布置的吗?人物又是如何选择的呢?

李郁 + 刘波:人物选择适合这个新闻的。我们的工作类似于导演,需要选择角色和布置场景。最初我们找的是朋友或者亲戚,有时候自己演,每个系列都有我们自己演的部分。有些场景需要我们进行布置,有些就直接使用实景,有些就直接在街头拍摄。

U&M:以后的创作题材还是以《楚天都市报》为主,有没有想过将取材范围扩大到全国?

李郁 + 刘波:这个曾有人跟我们建议过,但我们一直没有采纳,因为做自己身边的、发生在这个城市的就已经能够说明问题了,基本上当下中国的现状,包括这十年来的现状,都已经在我们的作品中得到非常具体地呈现了。另外,发生在武汉的新闻,也可能在其他一些城市发生过。有些新闻会反复发生,在不同的时间、不同的地方。

U&M:因为你们创作的主题都是关于武汉这座城市的,你们对于武汉这座城市有着什么样的感情?这座城市给你们的创作带来了什么样的启发?

李郁 + 刘波：基本上我们所有的作品都取材于本地的新闻，没有这座城市就没有我们的作品，这些都离不开这座城市。我们用我们的方式来重新解读发生在这座城市的一些事情，这也可以说是我们对这座城市的依赖。我觉得不管在中国哪个城市，可能都差不多吧，没有太大的区别，现代人生活在城市里都会遇到相同的问题。生活在一座城市肯定有对它不满的地方，但也会对这座城市产生感情。

U&M：你们的作品之所以引起大家的关注，关键在于在日常生活中找到不一样的地方，你们在做这样的处理的时候有没有有意识地去创作？比如说，我只是把日常很真实、很完整地呈现出来，就已经很能说明问题了，还是其实在构思、在制作的过程当中就想到了怎么样去让它不一样？

李郁 + 刘波：我们对社会的认知，对经济的一些看法都会融入作品中，并不是说完全呈现新闻本体。比如有时候新闻讲的是一个事件，而我们的作品所表达出来的却是另外一层意思。就像我们的画面一样，这里或那里安排一个道具可能都是有隐喻作用的，有很多故事在里面。包括现在的视频作品，也是有很多桥段在里面，虽然只有一秒钟，但是我们会尽量做到更丰富、有内容。观众在反复观看这一秒钟时会发现更加有趣的内容在里面。假如只是平淡叙事的话就没有什么意义了。

U&M：正如你们刚才所说，你们的作品中有很多故事和隐喻，而且都是通过图像表达出来，那么这里就有一个问题，你们的作品除了在国内很多机构、美术馆做展览之外，在国外也做过很多的展览，中西方观众所面对的生活其实是不一样的，西方观众是如何读懂作品背后的故事的？在你们有了在国外展览的经验后，在接下来的创作中会不会做出些调整？

李郁 + 刘波：艺术家毕竟是独立的，其实观众的引导对我们的影响并不大，创作的主线必须按照我们的思路去走。以前也遇到这样的问题，比如有的藏家会左右我们的创作，我们宁可选择不合作，我们希望做我们自己认为有意思的作品。西方观众觉得我们作品表现出来的东西是很真实的，他们很少能够来中国感受民众的生活，他们会从艺术品当中去了解中国。我们的作品其实展现的是真实的现状，一种经过我们处理过的现状——加入了隐喻、加入了我们的认知。

U&M：换句话说，其中很多中国化的隐喻读不出来也没有太大的关系，有一些真实的东西，那些对于人性的表达依旧存在于作品中。

李郁 + 刘波：现在我们就是感觉时间太少了，有太多别的事情要做，不像最开始的几年，效率很高。其实现在还是有很多的想法，因为我们在做这个系列的时候会讨论下一个系列，包括现在，我们已经想好了下一年的计划，只是实现的过程变慢了。

U&M：从国内来说，动态影像还有着很大的空间，但从整个国际层面上来讲，从20世纪60年代开始，很多国外艺术家，不管他们使用什么样的媒介，都慢慢地将影像作为自我创作的媒介之一，他们会有很多选择，只是说在面对一个作品的时候需要注意影像的因素，而不是强化"我是一个影像艺术家，我一直做影像"。十年来你们是否有过这样的想法？是否希望做一些改变？

李郁 + 刘波：新的作品就是一种转换，比如说装置、现场的重现，也会有影像与现场的融合。因为毕竟要改变，所以不可能继续前面的创作。我觉得还是要慢慢地去转变，因为主线已经存

无聊男纵火引燃三处垃圾桶
昨日，解放大道上相距 200 米的两座人行天桥，以及两桥之间公交车站旁，三个垃圾桶在 10 分钟内先后失火。目击者称，系一无聊男子纵火所为。（《楚天金报》2011 年 5 月 15 日）

在，我们的转变也有我们的想法。因为每个艺术家都担心复制自己、重复自己，国内其实有很多这样的艺术家，一部作品成功之后，后面就有成百上千幅。

U&M：而且日常生活本身也是这样，柴米油盐酱醋茶，每天发生的这些事情都有可能会重复。

李郁 + 刘波：对我们来说这是很可怕的，所以我们在做第三个图片系列的时候，就干脆"重复"自己，两部作品是一模一样的构图，但取材的新闻内容不一样，我们利用了这个"重复"。做完这个系列后，我们希望通过转换媒介的方式来突破自己，包括在制作《慢门》的过程中我们也在思考以后进行一个比较大的转变，比如用现成品、装置和影像装置这样的形式。新作品也是以新闻为创作的题材，比如根据这则新闻我们制作一个装置，根据另一则新闻制作一个雕塑或者影像，手法是多元化的，或者某一则新闻中提到的某个东西我们觉得比较有意思，就把它复制出来做成一个作品，它就有可能成为一个作品。而且还可以借鉴某个人曾经做过的一个作品，看上去是模仿他人的作品，却又是从一则新闻中制作出来的。

U&M：很多艺术家在开始的时候做行为，然后做影像，做着做着就开始制作电影，片子就拍长了。现在你们在制作作品的过程中，会根据不同的新闻注入不同的元素，那么你们对于制作电影的欲望强不强烈？

李郁 + 刘波：其实前几年我们有过这样的计划，但是并没有行动。我们的工作方式也决定了很难去实现。比如我们约好了下个星期天去拍什么东西，之前我们就各自准备，然后到了那个时间再一起拍。一般照片或录像拍出来也就需要半天或一天的时间，但拍电影就很难这样了，必须得长时间去从事这个。我们很难用之前的工作方式来完成电影。我们也想过用这种碎片化的方式慢慢做成一个电影，有过这样的想法。

小洲動態影像計劃第十二回
影觀武漢 之
袁曉舫：從架上繪畫到影像
THE PROJECT OF MOVING IMAGE XII
VIDEO & EXPERIMENTAL FILMS BY ARTISTS IN WUHAN

策展人：肖堯 尚季惟 邱濤
學術支持：袁曉舫 李巨川
項目策劃：胡震 楊帆
設計執行：邱濤

2016.05.22—2016.05.28
週一至週五 14:00—18:00
週六、週日 11:00—18:00

廣州市海珠區小洲人民禮堂 你我空間

展覽作品：
● 十年 (2004—2014)
● 藝術娛樂人民 (2010)
● 倒背如流 (2011)
● 早讀 (2012)

主辦： 　特別鳴謝：

袁晓舫：从架上绘画到影像

展期：2016/05/22—05/28
地点：小洲人民礼堂

袁晓舫

1961年生，1986年毕业于湖北美术学院，现任教于湖北美术学院动画学院。

当『娱乐』成为对人们思考判断的限制时，我们应当对『娱乐』保持警惕。

艺术娱乐人民 /2010/ 双频录像 / 彩色 /43′

倒背如流 /2011/ 单频录像 / 彩色 / 中文字幕 /3′29″

"真正的倒背如流。"

早读 /2012/ 单频录像 / 黑白 / 时间不等

将毛泽东的"老三篇"——《愚公移山》《纪念白求恩》《为人民服务》通过早读的方式再次呈现,给人以时间与空间的多重错位体验。

十年 /2004—2014/ 双频录像 / 彩色 /12′

用最真实的方式记录下武汉的城市化进程。

袁晓舫访谈：现在的很多娱乐让人们变得愚蠢而不是有趣

采访人：U&M/ 尚季惟

从平面到动画再到影像，袁晓舫一直在跨媒介的实验中自由地挥洒，特别是在影像创作上的身体力行，不仅影响了一批青年艺术家，更把对中国现实的深刻思考延续到其创作的方方面面。面对今天"娱乐"被意识形态化的社会趋向，袁晓舫以一系列创作重新界定所谓"娱乐"的内涵与外延，即"在法律的框架下一切愉快的自由行为都可以被称为娱乐"。在他看来，娱乐应该可以自由选择，而不是别无选择。

U&M： 请问您是武汉人吗？武汉这座城市在您的艺术生涯中扮演了怎样的角色？您在武汉生活的岁月里，它发生了怎样的变化？

袁晓舫： "艺术生涯"这个词听起来有点别扭。因为我们这帮艺术家属于从小就喜欢画画的那一类，按现在的话来说就是热爱艺术的那一类人，希望将来从事的工作与艺术有关。我不是武汉人，我出生于黄石，是黄石人，在那里生活了差不多有20年，虽然我也在其他地方生活过，但我在武汉已经生活了30多年，这就意味着我在武汉生活的时间比在黄石多出了十几年，我对武汉会更加了解一些。我在武汉的这30多年是中国发展最迅猛的时期，我一直认为武汉处于中国整个城市化发展进程中的一个平均值。应该说它属于大城市里面的中上水平，不像北上广深那么发达，也不像发展缓慢的三线城市。但武汉现在的发展十分迅猛，我在这里见证了它的发展，也见证了中国的发展。

U&M： 能聊聊您与湖北美术学院的渊源吗？您是怎样看待中国当下美术学院的教育体制的？

袁晓舫： 我在湖北美术学院读书，后来又留校教书，在这里已经度过了33年。湖北美术学院如果从武昌艺术专科学校算起的话已经有102年的历史了，这样看来它的建校历史是非常长的。中国的美术学院，或者说中国的高等教育，问题都差不多。但我总觉得美术学院这类专业性很强的学校，在当代艺术发展进程中很尴尬，它们总是强调媒介，而忽略了思想的重要性。高校其实是社会的一个缩影，也是中国方方面面的一个缩影。

U&M： 您是如何开始将影像作为您作品的介质的？是什么契机使您开始着眼于影像的探索？影像作为所谓的新兴的艺术叙事手段，与传统的架上绘画有什么异同？

袁晓舫： 在2000年之前，我都是运用绘画或图像拼贴的方法创作的。一直到1999年，我开始使用电脑进行拼贴，在这个过程中，我对电脑有了一定的了解。自己购买电脑之后，我就近乎痴迷地热爱上它。我觉得它有很多的可能性，非常有意思，它不会使我们产生习惯性思维。使用电脑会产生无限的可能，不同的人使用不同的软件进行不同的命令，得出的结果是不同的。之后平面已经无法满足我，我希望它动起来，于是慢慢地开始做了几个动画。但是后来发现自己精力有限，动画耗费的精力、体力太大，便转而使用影像的方式进行创作。然而影像最开始也与我所任教的专业有关，湖北美术学院的影像专业从2001年开始筹备，2002年开始第一批招生，它是全国开设此专业相对较早的学校。当时的专业老师只有我一人，所以我必须精通拍摄与剪辑等方面的技术，也必须对新媒体的发展有所了解。关于影像与绘画的异同问题，我认为绘画是一种单一媒介,而影像是一种综合性媒介,所以综合性媒介的好处就在于它能够调动人的各种感官来感受作品。当多种感官被调动起来后,观众对于艺术作品的体验就会不同。那时武汉只有七百万人,至少有五百万人看过电视,但是相较之下,看过绘画的人又有多少呢?也就是说,人们更容易接受新媒体。现在看来,影像已经成为"旧媒体",但是,它对于绘画来说还是很新的,所以它具有很多的可能性。

U&M:在当今社会,"娱乐"好似全民运动,又像一面大旗,全部人都向它看齐,请问您如何解读"娱乐"这个词?

袁晓舫:30年前的娱乐活动单一,今天的娱乐相对丰富一些,但是,"娱乐"已经成了一种"意识形态"。以前的"娱乐"希望人人都来关心政治,但现在将"娱乐"当作意识形态的时候,就是想让大家都不要关心政治,要远离政治。当"娱乐"成为人们思考与判断的一种限制时,我们应当对"娱乐"保持警惕。现在的很多娱乐让人们丧失了思考的能力,所以我一直在思考应该对娱乐进行重新定义。也就是说,"在法律的框架下一切愉快的自由行为都可以被称为娱乐",娱乐在我看来应该可以自由选择,而不是别无选择。

U&M:《十年》这部作品将跨度十年的街头景象并置于同一屏幕之中,产生了神奇的化学反应,请问您是在拍摄第一条影像时就已经产生了这个作品的计划吗?

袁晓舫:当时并没有这种先见之明,第一部作品完成得非常的迅速。那时我找了一辆回收废品的车子,将摄影机器绑在车把上,告诉那人线路是怎样的,所以中间发生的故障其实是机器没有电造成的,没有走完我所预先设定的环形线路,但这并不重要。当时我希望通过这部作品与城市空间发生关系。那时并没有想到十年后会再拍一次。后来是因为在一个展览中我的第一个方案没有办法实施,但我又必须参展,就突然想起十年前的这部作品,于是就沿着当年的线路再走了一遍。刚好出现了一个对比,立交桥和楼房建了起来,最主要的变化是大街小巷里走的都是汽车,道路上满是车辆,它是我国城市化进程的一个缩影。

U&M:您怎样看待"文本—口述朗读—画面"这三种承载思想的不同形式之间的差异和关系?

袁晓舫:刚才已经说到,影像是综合性媒介,文本、语音、图像这三者必须综合运用才能叫多媒体。多媒体的目标是调动人的各种感官,全方位地刺激观者。例如我的《艺术娱乐人民》是对谈的方式,《早读》是朗读的方式,而《倒背如流》是真正的倒过来背诵,都和语音、说话有关。但是我每个作品的指向都不一样。就拿《早读》来说,我1968年上小学,那时候正是"文革"时期,每天早上一进学校就能听见朗朗的读书声,读的是毛泽东的"老三篇",就像读《圣经》一样。包括我们班在内的三个班级每次读书的顺序都不相同,我的作品由三个屏幕合起来播放,以此来达到此起彼伏的效果。我认为好的作品在于艺术家能够关注问题本身而不在于表现的形式。所以我做录像一直抱有对"中国现实的关怀"的想法。

U&M:您的作品之前在广州进行过展览吗?您来过广州吗?请问您是怎样看待广州与武汉这两座城市的?它们之间有联系吗?

袁晓舫:我曾经在广州参加过多次展览。20多年前,那时我去过你们广州美术学院的老校区,但是现在那里已经变得面目全非了。城市发展太快了,如果只是在那里待几天是没办法深入了解的。虽然我不想比较两个城市,但毋庸置疑的是,中国的城市大多具有相似性。

就像在 20 世纪八九十年代，武汉与广州的差距还是非常大的，但现在的差距其实并不大。对于我而言，一个城市最重要的是人的存在，我在广州有很多朋友，他们是我与广州发生联系的纽带。

小洲動態影像計劃第十二回
影觀武漢之
武漢青年藝術家群展「武漢·城市」

THE PROJECT OF MOVING IMAGE XII
VIDEOS & EXPERIMENTAL FILMS BY ARTISTS IN WUHAN

策展人：肖堯 尚季惟 邱濤
學術支持：袁曉舫 李巨川
項目策劃：胡震 楊帆
設計執行：邱濤

2016.05.29—2016.06.04
週二至週五 14:00—18:00
週六、週日 11:00—18:00

廣州市海珠區小洲人民禮堂 你我空間

參展作品：
《大武漢》（2014）張彥峰 周罡
《他的城》《我的城》《你的城》（2014）簡小敏
Just what is it that makes today's homes so duplicate, so insipid?（2014）周罡 魏源
《呻吟》（2014）魏源
《巴別塔》（2015）祝虹
《失足》（2011）魏源

主辦：   特別鳴謝：

武汉青年艺术家群展——武汉·城市

艺术家：简小敏、魏　源、周　罡、祝　虹、张彦峰
展期：2016/05/29—06/04
地点：小洲人民礼堂

简小敏

2009年毕业于湖北美术学院，新媒体艺术专业研究生。现任教于湖北美术学院动画学院，专注于新媒体艺术研究。

我的城
你的城
他的城
/2014/ 单频数码动画 / 彩色 /4′10″

城市由你、我、他等个体构建而成，眼前的城市每时每刻都在因人类发展而产生着种种变化，我眼里的城市和心里的城市并不相同，如同开着汽车却想呼吸田间的新鲜空气，看着城市中华丽的灯光夜景却满天找着星星。

失足 /2011/ 单频录像 / 彩色 / 无声 /3′ 22″

沿东湖湖岸行走,直至失去平衡或因意外跌入水中。

魏 源

1983 年生于中国,现居武汉。曾参与"每个人的东湖"艺术计划(2010/2012/2014/ 武汉)。

呻吟 /2013/ 单频录像 / 彩色 /233′ 45″

扩音器中传出的是宣泄的激情还是城市的呻吟?

周罡 + 魏源

周 罡

1980 年生于武汉,现工作、生活于武汉。2002 年毕业于湖北美术学院,2008 年毕业于纽伦堡应用技术大学,2011 年毕业于纽伦堡造型艺术学院。

Just what is it that makes today's homes so duplicate, so insipid? /2014/ 单频录像 / 彩色 /323′

到底是什么令我们现在的家庭生活如此冗余乏味?

祝 虹

2001年毕业于华中师范大学美术学院,获学士学位。2005年毕业于湖北美术学院,获硕士学位。2005年在湖北美术学院任教。现生活、工作于武汉。

巴别塔 /2015/ 单频录像 / 黑白 / 54′ 46″

悠悠矗立在武汉江畔的巴别之塔。

张彦峰 + 周罡

张彦峰

1981年生于河南确山。2007年毕业于中央美术学院实验电影系,获学士学位。2011年毕业于中央美术学院实验电影系,获硕士学位。现任教于湖北美术学院动画学院,工作、生活于武汉、郑州。作品《大武汉》2014年入选第11届中国独立影像展实验影像十佳展映单元。

大武汉 /2014/ 纪录片 / 彩色 /9′ 48″

曾经熟悉的犄角旮旯,曾经走过的城中小道,曾经记忆中的广场,曾经映像中的城市,都通过武汉炎炎的夏日骄阳、黏黏的潮湿的空气、浓浓的市井味道变得模糊,清晰,又模糊,再清晰……动物、街道、生活在城市中的人和高速发展的城市,通过他们手中的摄像机变成了当下中国的一幅肖像、一份中国城市化历史进程的档案。

简小敏访谈：城市之外还有世界

采访人：U&M/ 张绍洋

U&M: 能简要说说在此次展览中您的3部作品《你的城》《我的城》《他的城》有何异同吗？您所理解的信息时代背景下的自由包括什么？在《我的城》中的"我"是指您本人吗？"城"这个词在字典里的意思是围绕都市的高墙，而您的作品中的城市的墙是由小块的视频窗口重复构建出来的，视频是现实生活的录像，作品的中的墙到底是社会无形的墙，还是人搭建在心里的墙呢？您的作品中出现了宁静的树林、秋千、拥挤的人流和飞机这些物象，它们对您有特殊含义吗？您的作品属于实验性动画，有着您自己的创作风格、形式和技巧，如果给您的作品下个定义，您怎么下？

简小敏： 这些是作品元素，有些问题里面有解释。网络上关于城市的解释是，人口密集、工商业发达的地方被称为城市。城市的出现，是人类走向成熟和文明的标志，也是人类群居生活的高级形式。

城市由你、我、他等个体构建而成，眼前的城市每时每刻都在因人类发展而产生着种种变化，我眼里的城市和心里的城市并不相同，如同开着汽车却想呼吸田间新鲜的空气，看着城市中华丽的灯光夜景却满天找着星星。现代城市生活让我产生许多困惑，快节奏的生活让忙碌的人们失去生活的情趣，随处可见的监控设施让城市毫无隐私与自由，偶尔能够看到的蓝天与星空告诉我们城市之外还有世界。

U&M: 您任教的湖北美术学院动画学院的许多老师都从事影像创作，你们之间私下沟通得多吗？你们对彼此的作品有没有影响呢？

简小敏： 对我个人来说，同事之间是有沟通的，但不多，没有对我的创作或作品产生影响。

魏源访谈：用影像引发新的现场

采访人：U&M/ 刘　一

U&M：我了解到您之前画过油画，请问后面是什么样的契机让您开始行为影像的创作的？
魏　源：我本科专业是油画，开始行为影像的创作的契机是有一次参加"每个人的东湖"艺术计划拍《失足》。

U&M："每个人的东湖"艺术计划第三回的主题是"人人都来做公共艺术"，《人肉雕像》这部作品是否是对这个主题的一个阐述？
魏　源：姿势复制自爱德华·萨义德投掷石块的动态，碰巧类似于古希腊雕塑"海神波塞冬"，还邀请了一位朋克乐手进行表演。作品与东湖"事件"有时间上的紧密关系。

U&M：从形式上看，《失足》这部作品我感觉画面的倾斜似乎预示着人最终会掉入湖中，对这部作品您有什么解读？它是否具有社会含义？
魏　源：谢谢你观察得这么仔细，拍摄时机位设置了很久也正不了。

U&M：在我个人看来，您创作的作品更多的是从行为本身出发，而影像则是一个对行为的记录和保存，您是否赞同这个说法？请问影像这个媒介和行为本身存在着什么关系？
魏　源：第三记忆。

U&M：您的作品很多是在公共空间完成的，您的艺术实践和当代社会环境有什么关系？在《曼哈顿》这部作品中，公众参与似乎是这部作品的主题，您认为艺术和公众有什么关系？
魏　源：《曼哈顿》的主角是摄像头，屏幕是舞台，公众是抽象的符号。

U&M：在您完成《鹦鹉洲》中间抛落水泥石这个行为后的两周内，长江发生了一次重大事故——东方之星客船遇难，您把一段事件的新闻放在行为录像后面，请问这次事故和您的作品存在什么联系？这次事故是否影响了您本身创作这个作品的意图？
魏　源：有个"球"的关系吧，类似"流"。

U&M：您的作品《单子》，磁球上的编号曾经在《夜与雾》中代指"二战"中遇难的"身份不明的人"。而您之后创作《鹦鹉洲》作品后发生了东方之星客船遇难事故，请问这次事故是否赋予了《鹦鹉洲》这部作品更深的含义？而两部作品中都出现了"球"这个元素，请问二者之间是否有联系？
魏　源："单子"挪用自莱布尼兹的单子论，"编号"挪用自阿伦·雷乃的纪录片，"球体"挪用自彼得·斯洛特戴克。

U&M：最后，关于您的作品方面，有什么可以和我们分享的吗？
魏　源：《呻吟》这部作品首先截取电影里面与呻吟相关的场景，将声音单独抽离出来，包括集体的诵经声、恐惧的尖叫声、似机器般的嘶声、绝望无奈的悲鸣声、歇斯底里的啜泣声等，汇编成一段4小时（环绕武汉一圈的估算时间）长的音频。然后租借一辆货运面包车，在车顶置放4个50瓦宣传用的高音喇叭，让声音在城市街道中穿梭流动。在此过程中利用声音的穿透力直接和城市空间里的人群、建筑、街道、树木、空气等发生关系，让虚拟的声音与正在进行的真实场景相遇，刺激人的耳膜，打破声音的日常运用规则，勾起陌生的熟悉感，引发新的现场，通过这种碰撞和行为勾画出另一幅空间地图。同时用摄像机录入这一过程中的城市实体景观，制造出一种新的视听幻觉，反思空间权力问题。高音喇叭作为信息宣传工具繁荣于20世纪六七十年代，这一时代象征物在中国改革开放的浪潮中逐渐转化为商业的传声筒，在行将消逝的过程中改变其原有的实用性功能，将发声的主体置换，铸造在这一城市化运动情景中。

周罡访谈：用影像记录"公共记忆"

采访人：U&M/ 成　川

一、城市与武汉

U&M：不难看出，您的两部影像作品《大武汉》和"Just what is it that makes today's homes so duplicate, so insipid？"都是围绕着"城市"这一主题而展开的，同时您还有一些其他以"城市"为主题的作品，是不是可以说，"城市"在您的艺术创作中是一个十分重要的要素？"城市"这一具象里最吸引您的是什么？

周　罡：武汉这个城市对我来说其实是既熟悉又陌生的，我从出生到22岁都生活在这个城市，但是从22岁到32岁这十年一直在外面。从我32岁回国到现在，我发现这个城市一直在变化。我刚回国那段时间常常有一种恐惧。本来就有十年没有经常待在这个原本熟悉的城市，现在城市的飞速发展更是让我找不着北。

U&M：您是武汉本地人对吧？但您刚才也说到有过离开武汉留学海外的经历。所以我想，您一定对武汉的发展与变迁、过去与现在有着自己独特的感受，并将这种感受带入了《大武汉》的制作之中。在作品之外，能谈谈您对武汉这座城市的看法吗？

周　罡：我记得小时候有首儿歌让我印象很深："麻脚蚊子长，出生在汉阳，吃喝在汉口，过角（死了的意思）在武昌。"意思是说蚊子长在汉阳，生活在汉口，死在武昌。为什么这么说呢？汉阳当时人口较少，以农业为主，蚊子多。汉口人多，汉阳的蚊子都飞到汉口生活，秋风一吹，把蚊子吹到武昌，这个时候蚊子的寿命也差不多到了。其实这很形象地说明了武汉这三个地方的生活情况。在国外，我经常看到一些十分古老的房子、用具，包括一些传统的生活方式。现在城市化的发展，让这种儿歌中的情景消失了。其实就我个人而言，这挺无奈的。所以在拍摄《大武汉》之初，我和张彦峰老师就是想一起把这个城市的变迁记录下来，为以后存个档。

二、关于影像

U&M：据我所知，除了影像作品以外，您还创作过一些包括装置、行为等在内的其他形式的艺术作品，那么对您来说，影像艺术在其形式上有什么特别之处？

这次参展的两部作品《大武汉》和"Just what is it that makes today's homes so duplicate, so insipid？"前者是一部10分钟不到的短片，而后者却是将近5个半小时的超长片。虽然两部作品有很多不同的地方，但我觉得其中也一定带有周老师的个人色彩，能说说您在影像作品创作中最重视的要素是什么吗？

周　罡：其实我的这些作品还是有一定的关联的。不管是装置、行为还是影像，我自己并不会从这些表现形式去解读。比如《大武汉》记录的是一个非常明确的"公共记忆"，"Just what is it that makes today's homes so duplicate, so insipid？"其实还是一个"公众记忆"，但是这个公众的目标不是一个普遍意义上的"公共"。这种"公共"来自我自己在这个由人组成的社会里面的一种感受。如果单独把作品当作影像内容来分析的话，可能会受到一定的质疑。我的出发点都是在"公共"这个词上,但是每部作品的诉求点都不一样,最后也就使得每部作品的表现形式不一样。

三、武汉的新媒体艺术

U&M: 《大武汉》和 "Just what is it that makes today's homes so duplicate, so insipid?" 这两部作品都是由您和别人一起合作完成的,这两部作品和这次参展的其他作品,其实都能让人觉得当下武汉影像圈是一个联系相当紧密的群体,您能就当下武汉的影像圈子和目前武汉新媒体艺术的发展现状谈谈您的看法吗?

周 罡: 看法谈不上,我觉得跟大家一直在做自己的影像和新媒体有些关系吧。首先,有榜样的力量,而且榜样都离我们很近。其次,武汉的氛围不错,大家都很年轻,而且每个人的学习背景都不一样。然后武汉做新媒体的朋友大多在学校任职,所以有条件做一些自己喜欢的东西。再次就是大家不管做什么都很坚持。最后,大家的心态都比较好,也可能是武汉物价比较便宜,没有太多的压力。可能问题也有一些,但是我还是比较庆幸,我回到了武汉。

祝虹访谈：
我希望它是一部无法控制而略带神秘并让我期待和满足的录像

采访人：U&M/ 邱 涛

U&M：可以谈谈您的创作灵感来源吗？

祝　虹：我只是把一个围绕着自己的生活状态漫无计划地表达出来，而这个状态的样子却是始终在变化。

U&M：我们了解到您在进行录像／影像作品创作之前也进行过架上绘画、综合材料等形式的创作，而现在选取影像这个媒介，是基于怎样的想法？

祝　虹：影像作品和架上作品差不多是同时进行的，可能和我所学的专业有关，我比较习惯不受限制地接触不同的工具与材料，对创作媒介的切换可能缘于一个作品表达的需求，我对于作品媒介的选取是有了一个操作思路之后自然而然的选择。

U&M：观众可以从《巴别塔》这部作品中多少看到《帝国大厦》的影子，能否谈一谈创作《巴别塔》的动机以及您想要表达的东西？《巴别塔》中用了五屏去表现一个建筑物，这样多屏的表达方式又是基于怎样的考虑？

祝　虹：《巴别塔》这部作品我很早就有拍摄方案，只是在展示技术上难以实现，直到一些契机的出现，我很快完成了拍摄。作品由两个镜头构成，用镜头的固定曝光值拍摄龟山电视塔这个巨大的建筑在日出与日落这两个时间段由显现到隐藏的过程，视频中云的流动和偶尔穿过画面的飞鸟以及因风力对拍摄机器的干扰而导致的画面抖动，这些真实的效果让我在制作之中感到满足。这段视频我拍了三次，前两次我刻意去追求曝光的准确性和镜头不受风力干扰的稳定的拍摄效果，但是这种刻意的拍摄却放弃了没必要隐藏的因素。于是第三次拍摄的地点选择在长江南岸，使用固定的曝光参数，也不再用雨伞遮挡江风，只是打开快门，一切让拍摄按发生的时间自然地完成。完成的视频是异形比例的画面，按预设分频成五个部分，用无线发射器投射到五台（20世纪）80年代的黑白电视上，完成了这个装置的设置。龟山电视塔暗合了《圣经》中巴别塔故事的寓意，我只是用凝视的方式把这个孤立的建筑物拍摄下来，再通过这个装置的各个部分的投射关系将我想要说的表达出来。

U&M：《工作室》和《洗剪吹》这两部作品都是以一种非常低的像素去呈现的，如今的电子产品都非常先进，您为什么选择这种处理方式？

祝　虹：《洗剪吹》是用发廊前台的电脑摄像头拍摄的，作品是以多屏播放的方式出现在展厅各个区位，因为本来就计划用发廊的录像设备来完成，所以对于最终的图像质量仅有一个基本的要求。《工作室》这个作品是我用自己的手机去拍摄的，当时屋子里有一只别人临时寄养在这里的猫，这只猫的存在触发了我拍这个视频的动机。作品画质的模糊不清是我一开始的预设，我就希望它是一部无法控制而略带神秘并让我期待和满足的录像。拍摄时灯光全关，我摆好手机就离开了工作室，在这种超出机器成像能力的条件下，画面里抖动的斑点和机器自动切换光圈大小而导致的画面闪烁以及一只真实存在的猫，都在画面中完成角色。在这段不确定的影像里，我分不清画面中哪个部分是什么，或者应该是什么，以至于我不知道视频中是否曾出现过那只猫，所以作品只能以"工作室"来命名。

U&M：《工作室》《洗剪吹》画面表现的都是一个或者多个人在室内一段时间内所进行的活动，对于画面中人物的活动，您是有意倾向于某一个时刻的选取，还是随机选取的一个时间段？为什么？

祝　虹：《洗剪吹》的拍摄时长是按拍摄对象的一组相对完整的工作的时长来起止的。《工作室》的拍摄时长是摆放好手机持续拍摄，直到耗尽电池自动关机为止。这两个作品的拍摄都是在我不在场的时候完成的。

U&M：《城市》这部作品中的字连起来是：我想要你想要我想要你的东西。这是否就是您对于一座城市中人们相互之间一种互相索取的心理状态？还是这些字眼其实是可以拆分的，拆分成"我""你""想要""东西"这些观众可自行造句的词语？能否谈一谈这部作品？

祝　虹：这部作品是2010年制作的，我选择了一段十三个字组成的一句话，这句话的每个字都是扫描自报纸上印刷的文字，这些文字与雪花噪点交替编辑成视频，而最终的作品是翻录的一台武汉电视台的监视器播放这段视频的效果，这段视频里的十三个字是头尾衔接逐字循环播放的，按闪出字数对应单独的放映设备，由于其中一段是由两个字同时闪出构成的，因此整部作品对应了十二台播放设备错开单独循环播放，而且每个字的出现都对应着一个钢琴的音阶，十二台播放设备会错时发声，自然就会按一定规律组成具有某种节奏的混音，不断在展厅中重复回响。另外，由于视频是循环播放的，观看者对这句话的断句是随机的，每种断句的文字组合虽有差别，但其最终的语言含义是没有变化的。

U&M：您对于接下来继续进行影像艺术的创作有什么规划吗？
祝　虹：有一些非影像的方案正在进行。

U&M：作为武汉艺术家群体的一员，您参与了一个设在另一个城市——广州的武汉本土特色非常鲜明的展览，对此您有什么看法？
祝　虹：希望这样的交流多一些，谢谢。

张彦峰访谈：摄像机有时候是可以当枪使的

采访人：U&M/ 陈　萌

一、关于《大武汉》

U&M：在武汉工作和生活，您对比过武汉和您成长的城市吗？两个地方有什么相似之处？作为一个"非本地人"，您和"本地人"周罡老师对武汉有着什么样的共鸣？

张彦峰：武汉对于我来说是既陌生而又熟悉的。这座城市不属于我，因中国式的城市变迁而吸引我。武汉对于周罡是既熟悉而又陌生的。这座城市生他养他，因中国式的生活方式的改变而吸引他。我和周罡时常叹息没有记载北京的大发展，也曾惋惜没有见证上海的大变迁。但是好在我们"相约"来到了大武汉。曾经熟悉的犄角旮旯，曾经走过的城中小道，曾经记忆中的广场，曾经映像中的城市，都通过武汉炎炎的夏日骄阳、黏黏的潮湿的空气、浓浓的市井味道变得模糊，清晰，又模糊，再清晰……动物、街道、生活在城市中的人和高速改变中的城市，通过他们手中的摄像机变成了当下中国的一幅肖像，一份中国城市化历史进程的档案。

U&M：您认为地域对艺术家的影响大吗？这样的因素体现在哪些方面？

张彦峰：我认为挺大的，至少我的作品都跟自己曾经生活过的地方有关，至于其他人我不知道。

U&M：要表现一座城市，您认为选取哪几个方面最具有代表性？

张彦峰：生活在这些空间里的人及其状态。

二、《关于一场洪水的记忆》

U&M：是什么契机让您想要创作这部关于灾害的作品的？

张彦峰：这次洪水（指1975年的洪灾）在我们当地影响很大，从小就经常听到。后来才知道是这么严重的一次灾害。

U&M：在历史上，几乎所有的文明都有一场关于洪水的记忆，比如《圣经》中诺亚方舟的建造、中国的大禹治水，人们对自然是否会有一种天生的敬畏？

张彦峰：也有人说"人定胜天"。

U&M：在这场洪水中，人类在自然面前渺小得就像尘埃，在社会面前，个人依然渺小吗？

张彦峰：在社会面前，我认同人是渺小的。

三、关于影像

U&M：我了解到，您除了创作影像作品以外，也创作架上绘画作品，您觉得这两种艺术形式能互为补充吗？

张彦峰：影像可能更多的是关注现实，而架上绘画更多的是自己内心情感的一种传达。

U&M：对于研究当代影像艺术的学生，您最想对他们说什么？

张彦峰：摄像机有时候是可以当枪使的。

第十二回：影观武汉——武汉影像艺术家群展

小洲動態影像計劃第十二回
影觀武漢 之
武漢青年藝術家群展
「現代化的吶喊」

策展人：肖堯 尚季惟 邱濤
學術支持：袁曉舫 李巨川
項目策劃：胡震 楊帆
設計執行：邱濤

廣州市海珠區小洲人民禮堂 你我空間
2016.06.05—2016.06.11
週一至週五 14:00—18:00
週六、週日 11:00—18:00

參展作品：
《向前進》（2013—2014）蔡鵬 陶陶
《中國》（2015）周罡
《吶喊》（2014）梅健
《新世界》（2015）簡小敏
《壇城》（2015）劉紋羊
《B18》（2009）劉凡
《水煮佛》（2007）劉凡
《一盞燈永遠不熄滅》（2011）蔡凱

主辦： U&M 你我空間
特別鳴謝： 33 當代藝術中心 ART CENTER

武汉青年艺术家群展——现代化的呐喊

艺术家：蔡　凯、CPTT 小组：蔡　鹏＋陶　陶、简小敏、刘　凡、刘纹羊、梅　健、周　罡
展期：2016/06/05—06/11
地点：小洲人民礼堂

蔡　凯

　　1981 年生于湖北，2005 年毕业于湖北美术学院油画系，现工作、生活于武汉。

一盏永不熄灭的灯 /2011/ 单频录像 / 彩色 /3′ 34″

　　武汉某条穷街陋巷中，一盏同 LV 店铺原版大小相仿的 logo 灯箱静静地发着亮光，其中产生的"间离"效应值得深思。

CPTT 小组

　　2006 年成立，从事跨媒介创作，艺术形式多样。

蔡　鹏

　　毕业于湖北美术学院，曾任教于湖北美术学院动画学院、武汉大学新闻传播学院、武汉东湖学院、武汉外国语学校。

陶　陶

　　毕业于湖北美术学院，任教于湖北美术学院动画学院。

向前进 /2013—2014/ 定格动画 / 彩色 /3′

　　中国城市正在进行着快速的发展（生长），新的高楼拔地而起，城市向外延伸扩张，老的旧的建筑面临着拆迁与重

简小敏

新世界 /2015/ 动画 / 彩色 /1′ 31″

现代城市生活让我产生了许多困惑，快节奏的生活让忙碌的人们失去了生活的情趣，随处可见的监控设施让城市毫无隐私与自由，偶尔能够看到的蓝天与星空告诉我们城市之外还有世界。

B18 /2009/ 动画 / 彩色 /3′ 18″

B18 是十八层地狱的意思，B 是电梯里地下室 basement 的缩写。

刘 凡

2003 年获湖北美术学院学士学位，2006 年获清华大学硕士学位，2009 年获东南大学艺术学博士学位，民族学博士后，武汉纺织大学艺术与设计学院副教授，德国柏林自由大学访问学者。

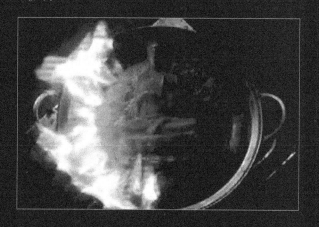

水煮佛 /2007/ 单频录像 / 彩色 /4′ 41″

我只是借用了佛像这个 Icon，用一种毁灭的方式将还原本心的过程呈现出来。

刘纹羊

1983年生于湖南株洲,2006年在法国瓦朗斯艺术学院获造型艺术文凭(艺术学士学位),2009年在法国里昂国立艺术学院获高等造型艺术文凭(艺术硕士学位)及评审团最高嘉奖,2010年毕业于法国里昂国立艺术学院"第三深入研究阶段后文凭大师班",现工作、生活在武汉。

坛城 /2015/ 单频录像 / 彩色 /9′ 05″

这是一个系列的影像作品,包括摄影和录像两个部分。它们试图呈现一座隐匿在大山深处的东方信仰场所:正在施工的废墟坛城。这座坛城位于武汉郊区的一座庙宇旁边,不知是何缘由,建设到一半就停工了。多年过去了,坛城仍然在建设中,在日晒雨淋过程中它逐渐荒芜。

呐喊 /2014/ 单频录像 / 彩色 /1′ 45″ ×6

梅 健

2006年毕业于中国美术学院,2009年毕业于柏林艺术大学,现任教于湖北美术学院。作品曾获M50 2008年度创意新锐香格纳提名奖(上海),2008—2009年中国独立影像展(CIFF)实验片年度十佳短片(南京)。

每台电视机都有一个人在那里喊叫,每台电视机里的人的身份不一样,他们都在为自己呼喊……可他们怎么努力去呐喊,都没有人理睬,怎么喊都喊不出自己的声音。

周 罡   **中国**/2014—2015/ 纪录片 / 彩色 /34′ 20″

影片拍摄地北京、上海、杭州、苏州、南京、林州是 1971 年意大利艺术家安东尼奥尼拍摄纪录片《中国》所经的城市。在整个拍摄过程中,我们计划追随他当年的足迹,寻找和探访曾经所拍摄的人、物、景。直至影片拍摄工作几近完成时,我们发现影像或许只是万象变迁的缩影,而整个拍摄行为才是作品本身,才是与大师相隔 40 多年的一次对话。

蔡凯访谈：任何作品都会有专属的空间作为存在的前提

采访人：U&M/ 赖周易、陈　磊

U&M：在《一盏永不熄灭的灯》中，标题所说的"灯"有其他含义吗？
蔡　凯：灯是一种意象，实际上指的是光，同时也是表达一种媒介对其他媒介的影响。

U&M：在这部作品里，你所试图制造的与日常情景的"间离"感背后想要表达什么情感？
蔡　凯：通常来说，空间是有阶级的。比如街头广告，特定的广告一定出现在特定的地方。我有意用置换广告牌的方式打破了惯常的空间阶级。而两种情境的互相影响，就是这种"间离"感吧。

U&M：作品为何选用 LV logo？有特殊的原因吗？
蔡　凯：LV 是最早也是最普遍为人所认知的奢侈品牌，使用这个 logo 是为了更好地帮助观众理解作品。

U&M：在《一次完整的叛乱》作品中，创作地点的选择是特意选取，还是在在地创作过程中随意选取？
蔡　凯：从大的范围来讲，是特地选择的，目的就是制作一个跨越北京市区的路线。而具体的地点则是根据现场情况随机选取的。

U&M：《再见》作品中，为什么会选择红色信封而不是其他颜色？是为了配合居民楼房门整体风格还是有其他原因？
蔡　凯：红色更加醒目，也是带有一些个人喜好在里面吧。

U&M：在公共空间的行为介入与室内环境的行为介入有什么不同？创作的方向会因此受到影响吗？
蔡　凯：实际上，在创作《仍然记挂那边的天气》之前，我所有的作品都是在户外完成的。初衷大概是为了某种自我限定，并没有考虑到是否一定要介入公共空间。而在完成那部作品之后，现在的创作又全部转为室内创作，同样也是一种自我限定。从创作体验上来说，户外或者室内，两者给我的体验都是差不多的。对于我来说，空间是一个很重要的条件。一部作品一定会有专属的空间作为存在的前提。

CTPP/ 蔡鹏 + 陶陶访谈：创作是社会现实的某种"景观投射"

采访人：U&M/ 吴旭新

U&M：请问你们的展览作品《看见与被看见》主要是想向观众表达什么？在拍摄这部作品的过程中，影像中的群众（路人）是否对你们抱有特殊的态度（例如好奇围观之类）？

CTPP：这部作品主要是针对"景观"的讨论，社会群体是由众多独立个体组合而成，艺术家自然也是其中某个个体，而艺术家所创作的作品可以看作社会现实的某种"景观投射"。当这些作品被展出或是发表后，也就融入混杂的景观集合当中，成为被观看的对象。

U&M：《看见与被看见》这里面是否包含着两个主体，谁看见？谁被看见？

CTPP：我们用投影把眼睛这样一个代表观看意义的符号投射到现实生活中，这只存在于某个具体环境的眼睛，既代表艺术家去观看，同时又成为一个被大众观看的对象，我们也正是想讨论艺术作品这种观看与被看的关系。在拍摄的过程中，有很多人围观，这种围观也恰恰表现出了一种互为景观的关系。

U&M：《看见与被看见》是在公共空间完成的，请问这种艺术实践行为与当代社会环境有什么关系？在这部作品中，公众代表着一种什么样的关系？

CTPP：当代艺术是应该具有公共性的，当然这种公共性有时是以一种被动的形式体现出来的。比如我们在投影的过程中并没有事先通知任何人，而是直接以强制观看的方式介入公众生活中，这其实也是当下生活的一个特征。例如电视广告在播出的时候也没有经过观众的允许，但又确确实实影响了大众。我们也采用这种方式，强迫所有在现场的人成为我们作品的一部分，而这种主动与被动的关系其实一直隐藏在我们的现实生活当中，景观一旦被生产出来，就必然会被观看，而这种被观看的结果又影响了新一轮的景观生产。

U&M：在这次展览中，你们还展出了其他作品，例如定格动画的《向前进》。定格动画这种类型的作品相对于其他影像作品有什么制作难度？《向前进》在制作过程中有没有遇到什么特别大的阻挠？据我所知，定格动画里面的模型制作非常困难。

CTPP：定格动画制作过程相对比较漫长，需要毅力去完成，对身心都是考验，我们搭建了一个简易的台面，大约4.5米长，所有的拍摄与物体的运动分解都基于这个台面去完成。由于我们没有专业的定格动画制作平台与摄影设备固定装置，因此在动画的连续性和稳定性上还有所欠缺。当然这是技术的范畴，所有的这些缺陷都不会影响动画本身。在建筑模型方面我们也花了不少的精力。我记得是在夏天买了很多材料，然后第二年7月才拍完图片，还没有后期制作成连续的动态画面，时间跨越一年多。

U&M：对于我个人而言有个小问题，真人影像的逼真性来自记录，而动画的最大特点或者表现形式是夸张。但是如果一部定格动画想做到逼真，就需要丢掉自己唯一的特长。因为要用动画表现逼真性，就要浪费大量的人力、物力，就根本没有"优势"可言，请问您对我这种看法赞同么？

CTPP：我们理解的动画可能有些差异，连续的动态画面一般都可以叫作动画，我们生活里的电视、电影也是动态画面，运用的都是视觉暂留原理。动画的概念不同于一般意义上的动画片，动画是一种综合艺术，是集众多艺术门类于一身的艺术表现形式。

U&M：《向前进》这部作品展现了武汉城市化进程中遇到的诸多问题和困扰，对于你们而言，武汉是一座怎样的城市？你们在武汉生活了这么多年，这座城市有没有让你们产生特别大的改变或者是对你们有没有什么特别深刻的影响？

CTPP：作品展现了城市化的进程，整个中国都在快速发展中，不仅仅是武汉。而个人的感受实在太多，我们从上大学来到武汉到现在工作、生活于武汉，CPTT小组从大学毕业到现在也经历了整整10年。对于这10年，我们想了很久，想的都是一些特别感性的事情，还回忆了很多往事，但就是没法一一说出来。等老了写回忆录吧，不管有没有人看。

U&M：从你们的作品中我发现你们对城市建筑、环境空间和现实有极大的兴趣，作品都呈现对这方面的思考，你们是如何看待你们展览中艺术创作的有效性的？（对于自身或者对于观者或者社会）

CTPP：绝大部分的艺术家都是自我的，不太会去考虑有效性，更有甚者，不会太多去考虑别人的感受，所以生活中我们常说艺术家都是特立独行的，常常沉醉于自我的世界里。前面说到，CPTT小组今年就是第10年了，我们也由青涩的少年慢慢成长起来，我们的艺术创作也从自我的世界走出，去关注外面更广、更大的世界，这是我们作为艺术工作者所经历的一个过程吧。

U&M：我了解到你们曾来过广州，请问你们是怎样看待广州与武汉的艺术生态的差异的？它们之间有联系吗？

CTPP：原来只是呈送作品参与广州地区相关展览，对于广州还是比较陌生的，希望通过这次展览的机会与广州的老师和朋友多交流。

U&M：在本次展览中，你们想通过你们的作品与观众、社会建立起一种怎样的联系？
CTPP：作品也许呈现了一个点、一条线、一个面，希望能与观众建立起联系。

U&M：我了解到，"现实的镜"是你们作品的自述，那么你们最关注的现实问题是什么？
CTPP：巧妙的回答就是，大家关心的问题我们也关心。

U&M：你们的作品会让我觉得你们是观念艺术家、实验型和多媒体创作者，或是现实主义者，不知道你们认不认同？或是如何定位自己和这个小组的？
CTPP：我们是一路走来的好朋友，同时都是艺术工作者。

刘凡访谈：用艺术的方式来呈现女性自我意识的觉醒

采访人：U&M/ 毛彦钧

U&M：您参与艺术实践的方式很多样，有影像（录像 & 动画）、摄影、绘画，在您看来，哪种方式是您最喜欢的表达方式？为什么会选择影像这种方式来创作？在创作的时候是根据题材来选择表现方式，还是先决定表现方式再想题材？

刘　凡：这些方式我都喜欢。至于如何选择表现方式，不同的表现方式可能在处理相同的问题时有不同的呈现效果，我主要看需要表达的思想。选择影像作为创作方式，对我来说是一个水到渠成的过程。当我用摄影创作时，我会发现我想说明的问题是具有时间性的，摄影里面凝固的瞬间只是将这个时间性的高潮展现出来，而我希望表现的是那个过程中的状态，于是我开始尝试用录像或者动画来表达我的思想。我近几年的作品一直跟女性有关，所以我在选择表现方式时主要看哪种方式能更好地将我想传达的内容表现出来。

U&M：《水煮佛》和《灯》这两部作品有点相似，都是呈现一尊佛像消解的过程，站在宗教的角度来说这应该是对佛像的一种不尊重，这么做的原因是您对佛教有私人感情，还是想表达对人们平日崇拜的外在形象在本质上的思考？

刘　凡：这两部作品是同一时期完成的，表达的都是我对宗教，特别是佛教以及人生的理解。我在读博的时候看过一些禅宗与当代艺术的书籍。在英国驻地交流时，正好碰到徐冰老师在卡迪夫大学开讲座，他当时详细阐述了他那部带有很强的禅宗意味的作品《何处惹尘埃》，给我很大启发，他的这部作品当时获得了威尔士的 Artes Mundi prize。

用一句话概括就是，我在作品里还原了物质的本来面目。如同我们在理解佛教的时候经常会被繁缛的仪轨所束缚，这些仪轨并不是佛祖最初的"科研成果"，它是佛祖的思想在传播时人们不断附加以巩固这种思想在人们内心中的作用的产物。当你无法认知到这一点时，你会经常被表象所羁绊，无法看到最初的本质。这也是生活中我们经常会遇到的问题，我只是借用了佛像这个 icon，用一种毁灭的方式将这个还原本心的过程呈现出来。

这里用的佛像是我将寺庙里燃烧过后剩下的没有人要的蜡搜集起来，融化后将蜡水倒入做好的佛像模具中，然后像做蜡烛一样，埋上棉线，最后做成的蜡像。当时我住在一个历史上很有名的寺庙附近，每天看着络绎不绝的香客来此进香，这让我不得不思考，佛教究竟要给我们讲些什么？于是便有了这两部作品。

U&M：在网上了解到您是一个土生土长的武汉人，在《灯》这部作品中，您却选择了客家话这种方言，有什么用意吗？

刘　凡：这段背景音乐是梁亦源的作品，我喜欢那种对我来说很陌生的带有哭腔的声音，好像是对人生的一种嘲讽、质疑与无奈。

U&M：您有一些作品是关于宗教的，这是否跟您民族学的教育背景有关？

刘　凡：没有关系。我关注宗教比民族学早。

U&M：《B18》是女性的十八层地狱的作品吗？里面不仅有女性的形象，也有舞动的骷髅，可以给我们讲一下这里面的想法吗？《B18》以及您之后很多的绘画作品都是有关女性题材的，是什么原因让您开始关注这个题材？

刘　凡：其实我在创作时很少像写文章时那么理性地去分析每一个画面的内涵，它是一种很感性的表现或者是思维中的某些意象的呈现，我在创作时基本上处于无意识状态，即使在作品完成之后，也很少去阐释作品的意义。

B18是十八层地狱的意思，B是电梯里地下basement的缩写。你说的骷髅，还有手印、铃等都是一些佛教的物相，它们都有其象征性的寓意。无论是在日常生活中，还是佛教中，包括其他宗教里，都有很多男女不平等的地方。当你有了女性意识时，你看待和思考这些问题的时候就会变得不一样。

在《B18》制作过程中，我画了很多原画，发现以前放弃了的绘画还有很多有意思的地方，需要我重新看待。我确实在《B18》之后创作了很多跟女性有关的绘画作品。男性艺术家一般很少认识到女性主义是一个很必要的艺术史方向。女性在谈论这个话题时，就是在和男人"作对"。在我看来，这是女性自我意识的觉醒，这种差异是可以并且需要用艺术的方式来呈现的。

我开始有这种女性意识是在读博的时候。当时发现人们对自己的评价和态度发生了改变，与人交流的时候，人们会特别强调性别和与此相关的话题。这种流行的段子很多，从最早的"男人、女人、女博士"，到"三高"女性，再到"白骨精"，女性在获得更多的知识以后，会遭到男性的嘲讽、怀疑，甚至是妖魔化的挖苦，这些现状让我不得不思考，我究竟是谁？我的身份在何种情况下发生了改变？这些改变背后的原因是什么？

U&M：这次展览的主题是"影观武汉"，在您看来，地域对艺术家影响大吗？武汉的影像艺术家群体是否有共同点？您怎么看待自己和这个群体的关系？

刘　凡：我觉得地域对艺术家应该是有影响的，如果一直长期待在一个地方的话，应该影响比较大。对我而言，好像影响不是很大。我除了本科之前在武汉生活以外，研究生和博士都是在不同的城市。尽管博士毕业后又回到武汉，但是城市巨大的变化让我始终觉得自己只是一个会说武汉话的外地人，我好像是客居在此一样，我也很少考虑作品的地域性问题。也可能我的作品中有武汉人的气质，只是我自己还没有意识到。

我没有做过系统的影像文献的梳理工作，无法勾勒出武汉艺术家影像作品的一个整体的特征和每个人在这其中的角色和作用。我很少在这个群体中，这次展览的艺术家，只有几个以前我在策划展览时合作过，其他也不是很熟悉，可能跟我近几年不在武汉有关。

U&M：您既是艺术家，又是策展人和老师，对于您来说，您更喜欢哪个身份？多重身份给您的艺术创作带来了什么启发？

刘　凡：我个人更喜欢艺术家的身份，因为它更自由、无拘无束。每一种身份看待艺术的角度是不同的，策展人有一种发现的眼光，教师是传播的载体，这些身份都会给艺术创作新的视角和启发。

U&M：我从您个人网站的作品上了解到您已经很久没有制作影像作品，近些年都是以绘画为主，您不再继续影像创作的原因是什么？

刘　凡：最近几年没有专门用影像进行创作，但有一些未完成的作品。主要原因是时间吧。没有那么多时间同时做很多事情。有一些影像作品正在慢慢地进行中，希望今年能够完成。

U&M：关于您的作品，还有什么能跟我们分享一下的吗？

刘　凡：我还有一些新的作品计划，可能需要一段时间才能做出来，到时候再来分享更多的心得。

刘纹羊访谈：我只是喜欢有趣且"暧昧"的空间

采访人：U&M/ 刘　一

U&M：请问您为什么要采取摄影与影像的方式来创作《坛城》这部作品？

刘纹羊：因为摄影和影像是我作为艺术家使用的主要媒介。

U&M：在您的作品《坛城》中出现了一个人在玩BMX（自行车越野运动）的场景，据我了解，在国内这是一项比较年轻的运动，而您的作品主题却是关于传统宗教文化的，似乎两者之间存在着冲突，请问在影像中出现这项运动有什么特别的意义吗？

刘纹羊：首先我要强调的是我的主题并不是传统宗教文化，我所探讨的主题可能更多的是在探讨空间，或人如何介入一个空间，从而重新定义空间的固有意义。对于我来说，这项运动没有什么特殊意义，我只是觉得BMX的介入能使这个空间的原有意义被重新定义，原本的"废墟"空间也被激活了，变得充满生机。

U&M：请问您有宗教信仰吗？为什么选择宗教"废墟"（《重审信仰"废墟"》）作为您这一系列作品的主题？

刘纹羊：我有没有宗教信仰与作品没有直接关系。对于我来说，"废墟"这个主题由来已久，甚至可以说是我一直关注的艺术主题。最早拍摄的一个废墟是2005年在法国瓦朗斯拍摄的"2000旅馆"系列摄影，2007年又拍摄了法国里昂的一个罗马剧场废墟，等等。这一次，又偶然遇见了这么一个"坛城"。记得一位法国哲人说过："如果要让一个地方变得有趣，请先把那里变成废墟。"

U&M：我了解到您在法国学习生活过一段时间，请问这段经历是否对您作品的创作产生了影响？如果有，可以和我们分享一下吗？

刘纹羊：当然！几乎是影响了我艺术创作的全部。从艺术创作的思考方式，到作品的实现，再到作品文脉的梳理，全部是在法国艺术教育体系里构建的。法国艺术教育的特点，概括来说就是"自由、平等、博爱"，这也是法国人的国训。

U&M：两部作品的拍摄地点都在武汉附近，请问武汉这座城市对您有什么样的意义？

刘纹羊：没有特别的意义，我的创作不局限在任何城市，我只是喜欢有趣且"暧昧"的空间。

U&M：在创作过程中您有没有遇到什么困难？

刘纹羊：主要的困难在于刚开始创作的时候如何寻找一种有趣的方式介入这个"符号性"特别强的空间，最后我选择了自行车越野运动这个看似"不搭边"的方式，片中玩车的男孩是我请来的学生，他的现场发挥也为作品增色不少。

U&M：关于您的作品，您有什么想和我们分享的吗？

刘纹羊：关于作品的创作，我想借李巨川老师的一句话："艺术是一种生活的分泌物。"艺术创作不需要刻意为之，在生活中保持对各种事物好奇心和对生活的敏锐感知力是我认为的一个艺术家最好的状态。

梅健访谈：不希望这种呐喊以后发生在他们身上

采访人：U&M/ 梁惠茹

U&M：作为一名影像艺术家，您觉得影像艺术最大的特点是什么？或者说，与其他的艺术表现形式相比，它的优势在哪？

梅　健：我个人觉得影像艺术相对于其他艺术来说，真实性更强一些，影像内容能更加直观地切入我们当下生活中。

U&M：能否向我们分享一下作为武汉本土艺术家，这次策划的武汉影像展对您来说有什么意义？

梅　健：首先要感谢胡老师及其团队为这次展览付出的辛劳。我印象中武汉影像是第一次以整体的面貌进入其他地域进行展出。对于其他地区的艺术机构来说，这是一个能让大家更清晰地认识武汉地区影像艺术家的很好的机会，特别是在当下武汉艺术"出口"相对狭小的情况下，更能让别人看到武汉有一批影像艺术家，在坚持做影像艺术，在国内，不仅仅只有北、上、广、杭有影像艺术。

U&M：在作品创作的过程中，您碰到的最大的困难是什么？

梅　健：是自我否定吧，因为我不希望我的作品只停留在形式化的语言上，更希望观众能从我的作品中感受到生活给我们带来的思考。

U&M：请问是什么原因促成您创作这一系列关于武汉的影像作品？

梅　健：是个人爱好吧，上大学时就喜欢做影像相关的作品，而每一部作品都是我当时内心的感受，应该说是作品给了我不断说话和表达的机会。

U&M：透过这三部作品，您希望给观众传递什么样的信息？

梅　健：仁者见仁，智者见智，我不太想说我想传达什么，我希望观众有自己的见解和感受。

U&M：《呐喊》这部作品给观众呈现的画面是不同的人在糟糕的境遇中无助地呼喊，在现实生活当中，您是否有过这样的境遇？

梅　健：有，我想活在当下的人或多或少都会有，我生活中有过很多次这样的呐喊，具体的事就不说了，特别是现在有了孩子，真不希望这种呐喊以后发生在他们身上。

U&M：在过去几年您获得了不少的奖项，也参与了不少的展览，对于未来，您期待的发展方向是怎样的？

梅　健：还是坚持做实验性的影像，当然很想拍一部长片，这个是我很多年的计划。

小洲動態影像計劃第十二回
影觀武漢之 武漢青年藝術家群展
「關係·聯繫」

THE PROJECT OF MOVING IMAGE XII
VIDEOS & EXPERIMENTAL FILMS BY ARTISTS IN WUHAN

策展人：肖堯 尚季惟 邱濤
學術支持：袁曉舫 李巨川
項目策劃：胡震 楊帆
設計執行：邱濤

2016.06.12—2016.06.18
週一至週五 14:00—18:00
週六、週日 11:00—18:00

廣州市海珠區小洲人民禮堂·你我空間

參展作品：
《看見被看見》（2014—2015）蔡鵬 陶陶
《XUSUMO 與太湖石》（2015）王曉新
《閃》（2014）路步昌
《人肉雕像》（2014）魏源
《聆聽》（2015）梅健
《對話》（2012）梅健
《我們與藝術無關》（2015）炭嘆
《藝術必須是輕鬆的，藝術家必須是輕鬆的》（2015）Tanbo 組合（炭嘆 & Eric Bribosia）

主辦：   特別鳴謝：

武汉青年艺术家群展——关系·联系

艺术家：CTPP/ 蔡 鹏 + 陶 陶、路昌步、梅 健、炭 叹、王晓新、魏 源
展期：2016/06/12—06/18
地点：小洲人民礼堂

CTPP/ 蔡鹏 + 陶陶

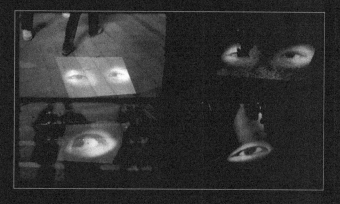

看见被看见 /2014—2015/ 单频录像 / 彩色 /12′06″

艺术家所创作的作品可以看作社会现实的某种"景观投射"。当这些作品被展出或是发表后也就汇入混杂的景观集合当中，成为被观看的对象。

路昌步

1995 年毕业于湖北美术学院，2006 年毕业于法国亚维农艺术学院，2008 年至今任教于湖北美术学院动画学院影像媒体艺术专业。

闪 /2014/ 单频录像 / 彩色 /3′

再聚焦"肖像"，对闪光灯下不断被爆闪的人的特写，表达对个人隐私保护的焦虑，以及对当下无处不在的媒体暴力的抨击。

对话 /2012/ 单频录像 / 黑白 /5′32″

一部实验短片，表达人与自身的关系，其实我们每个人的潜意识中都有一个自我。

梅 健

聆听 /2015/ 单频录像 / 黑白 /3′44″

聆听从身体中传来的另一个心跳，是从来没有经历过的奇妙体验。

炭 叹

2004 年在中国传媒大学获戏剧影视文学学士学位,2010 年于中央美术学院与美国加州艺术学院(Calarts)硕士研究生合作班毕业(实验电影与实验动画),2010 年任湖北美术学院教师,2015 年于比利时根特大学艺术学院戏剧、表演与媒体专业攻读博士学位(国家公派奖学金),目前生活、工作于中国和比利时。

TanBo 组合

是炭叹与比利时音乐家 Eric Bribosia 组成的跨媒介艺术组合,目前工作、生活在中国(武汉)和比利时(布鲁塞尔/根特)。

我们与艺术无关 /2015/ 行为录像 / 彩色 /11′ 18″

作品创作于 11 月 7 日,在威尼斯双年展的场馆之一军械库展区的 Corderie、Artiglierie 图瓦卢国家馆以及军械库外的小巷进行。这天下午,在军械库展区的 Corderie,艺术家 Allora 和 Calzadilla 创作的《在事情当中》的 6 位表演者突然走进观众中,发出阵阵类似歌剧唱腔的声音。过了一会儿,炭叹试图与这些表演者进行互动,她戴着刚从旅游商店里买来的具有威尼斯风情的面具(该面具是 TanBo 的系列作品"Venize 双年展"的重要道具),在表演者周围穿梭、伫立并贡献出自己独特的歌声……但这愉快的合作只进行了 6 分多钟,"官方"表演者们就停止了表演。其中一个指着炭叹向观众声明:"这个女人与 Allora 和 Calzadilla 的设定完全无关,我们必须停止表演,因为你们可能会认为她也参与了表演……"

艺术必须是轻松的,艺术家必须是轻松的 /2015/ 行为录像 / 彩色 /7′ 25″

在威尼斯双年展的场馆之一———绿园城堡(Giardini)内的多个场地,包括斯特林馆门口、中心馆前及西班牙国家馆,炭叹和 Eric Bribosia 穿着睡衣,戴着刚从旅游商店里买来的具有威尼斯风情的面具,在绿园城堡展区走、站、坐、躺。这是在"爱丽丝仙境"里穿着"皇帝的新装"的一场散步。

XUSUMO 与太湖石 /2015/ 单频录像 / 彩色 /10′ 45″

王晓新

1983年生于湖北，2010年毕业于法国布列塔尼欧洲高等美术学院艺术专业，2011年至今任教于湖北美术学院动画学院。现工作和生活于武汉、杭州。

我喜欢太湖石的多孔结构，但是只要是石头，就会吸引我，因为我是石头控。小时候家里人常常播放一首歌，有一句歌词我印象特别深——"精美的石头，会唱歌。"

魏 源

人肉雕像 / 2014/ 单频录像 / 彩色 /7′ 48″

在黎明时分，保持图示姿势直至无法坚持下去。

路昌步访谈：动态影像是一种呈现过程的媒介

采访人：U&M/ 毛彦钧

U&M：一开始为什么选择影像这种媒介作为您的艺术表现方式呢？它对于您有什么魅力？

路昌步：首先我对影像呈现动态的方式较为喜欢，最初对于影像自己的大脑还是一片空白，也没有接触太多的参照（大师），反而觉得表现更加自由一些，没有太多的限制。其次是感觉绘画已穷尽其样式，很难再有可挖掘的空间。动态影像记录的是一段正在发生的事情，这个过程比某些媒介只呈现结果感觉更有趣、更直接。

U&M：您的很多作品都是将画面原有的配音进行了替换，重新组合的画面和声音虽然不合理，但是却很合适，您是怎么想到这样一种呈现方式的？

路昌步：声音的替换是源自早期在处理录像《火枪》声音剪辑制作过程中，当时在剪辑室偶遇了一位同学，他正在玩的游戏——CS 中的枪声很符合我想要表达的主题，于是我就替换了录像中的原声音。在后来的创作中，我越来越觉得声音在影像中是一个非常重要的部分。

U&M：空中楼阁（指悬于半空之中的城市楼台，多用来比喻那些虚幻的或者不现实的东西），作品的名称、出现的鸟巢画面、争吵声，这三者的选取和联系可以给我们讲一下吗？作品中的鸟一边在共同筑巢一边在吵架，感觉是在映射很多家庭，这样呈现是想反映一种怎样的社会现状？

路昌步：鸟巢画面是我家窗户对面一对忙碌的喜鹊在筑巢，一大早被它们吵醒，动物出于本能在为繁衍生息做准备，呈现一片和谐的景象，我们也重视家的观念，触景生情联想到我们自己却弄得很复杂，反而失去家园。作品名称代表不现实，画面是家园，声音是欲望，呈现人的矛盾和纠结。

U&M：在《闪》中，人物在被闪光灯爆闪的情况下表情从一开始的非常喜悦，到后来的厌烦，直至退场，这样的安排有什么用意？如果是想表达对闪光灯下不断被爆闪的人的特写，表达对个人隐私保护的焦虑，以及对当下无处不在的媒体暴力的抨击的话，那么前面那段的用处不大，您是否是想表现出人一方面享受着成名后带来的喜悦，一方面又厌恶这种被关注所带来的隐私的缺失？

路昌步：成为公众人物你就必然会享受到成功的喜悦，同时不得不面对保护隐私的烦恼，在如今网络发达时代，这种社会现象越来越突出，正所谓好事不出门，坏事传千里。

U&M：在《闪》中，您将快门声替换成枪声，以表达对当下媒体暴力的抨击，您如何看待如今这个网络时代的"人肉搜索"以及媒体过度曝光个人信息这种现象？

路昌步：过度曝光体现人的窥私欲望，媒体报道如果没有原则，就会失去底线，从而走向一个反面。

U&M：您现在是湖北美术学院的教师，这个身份对您的创作有什么启发？

路昌步：和学生在一起能让自己放松，回到最初的创造状态，相互启发，为创作提供新的思路。

U&M：这次展览的主题是"影观武汉"，在您看来，地域对艺术家的影响大吗？您觉得武汉的影像艺术家群体是否有共同特点？您怎么看待自己和这个群体的关系？

路昌步：地域的影响肯定是有的，他们共同生长的地域环境必然会有很多创作素材，每个人都可以从自己的视角制作出各种"菜肴"，可能是相同的素材，但呈现的是不同的味道。

炭叹访谈：艺术需要"介入"和"干扰"

采访人：U&M/ 赖周易、陈　磊

U&M：无论是在《我们与艺术无关》还是在《艺术必须是轻松的，艺术家必须是轻松的》里，当你以一种自在轻松的方式参与到艺术中时，旁人的驻足观看似乎又让这种轻松的行为变得并不常态与轻松，您觉得轻松的艺术和艺术家需要被围观吗？您觉得"轻松的艺术和艺术家"和"日常的生活和人"这两组概念一样吗？

炭　叹：感谢你们认真思考了《艺术必须是轻松的，艺术家必须是轻松的》这部作品的意义。作品名称模仿了著名行为艺术家玛丽娜·阿布拉莫维奇的作品《艺术必须是美丽的，艺术家必须是美丽的》，但跟她在那部作品中强迫症般地拼命梳头的状态相反，我们穿着睡衣轻松地在艺术殿堂里漫步；跟她的观念异曲同工的是，她在用不美丽的行为反讽"艺术家必须是美丽的"，而我们也在用不轻松的行为反讽"艺术家必须是轻松的"。我想通过故作轻松的行为反问大家——在今天这个很多艺术家不用"自残"随随便便就能拿出一些"艺术作品"的时代，艺术需要被抬到这么高的地位，即需要被围观吗？艺术家和普通人真的有很大的区别吗？你们的问题就是我的回答。

U&M：您觉得有参与不了艺术的人吗？

炭　叹：从理论上来说，没有参与不了的人，只有想不想参与的人。从实际上来说，还是有参与不了的人，因为目前的"艺术家"称号主要来源于"圈子文化"，如果没有能力进入这个"圈子"，即使有再惊世骇俗的作品，也不能像"艺术家"一样展示自己的作品。这也是我的这两部行为作品，以及这两部作品的艺术项目"Venize 双年展"想探讨的主要问题（"Venize 双年展"是由 TanBo 在威尼斯双年展现场创作的一系列作品发展而成的一个平行的、类似"钓鱼网站"概念的自创双年展）。今天当我们看到一个艺术家，看到一个"高大上"的双年展时，我们是否也应该想想其背后的机制，一个"普通人"如何成为艺术家，一个双年展如何选择艺术家？

U&M：面具是"Venize 双年展"的重要道具，您在挑选它们时有什么特别的心思吗？您是想借助面具上的表情以及特别的外形表达某些情感或想法吗？

炭　叹：这两个面具是威尼斯城市文化的符号，都是著名的戏剧角色面具，但一般是金色和彩色的。当时我们路过一家旅游纪念品商店，看到这两个面具时便产生了灵感，因为它们是一反常态的白色，本意是让顾客自己涂色——因此戴上这两个面具，我们就变成饰演"艺术家"的演员，但是，我们的角色会由戴着"有色"眼镜的观众来判断。关于面具上的表情，并不代表任何情感，只是荒诞的存在。

U&M：独特的面具似乎让"Venize 双年展"系列作品拥有了一个符号，并且似乎会让人更容易记住这些作品，这是您的创作意图吗？

炭　叹：面具肯定是一种符号，就像刚才说的。但是，创作时我并没有想这样是否会更容易让人记住——特别是在这两部行为作品的即兴创作过程中，我没有考虑太多观众的反应，观众的反应越千差万别，对我来说越成功。

U&M：您怎么看待艺术作品的再次介入？

炭　叹：杜尚在20世纪20年代就教会了人们"现成品"的概念，既然生活物品可以被当成现成品，那么艺术作品当然也可以。个人认为，当代艺术品的价值是由历史、政治及商业联结成的产业链决定的，现在我们看到的一个艺术品，可能过几年就成了一个奢侈品、商品、生活用品乃至废品，因此它们不但蕴含着"艺术属性"，同时也有"物质属性"。我与其说是"介入"了他人的作品，不如说是发现了属于我的一些"现成品"——实际上我并没有真的"介入"，在我离开现场后，并没有留下任何关于"我"的痕迹。即使是在《我们与艺术无关》中，看起来像是我打扰了那些艺术家们的表演，但我认为是他们自己首先走到了观众中间，而不是在一个剧场的舞台上。既然他们与观众共享一个公共空间，我作为一个买了票的"观众"，当然有权利在观众区做我想做的事。换作是我在表演，有观众来捣乱，我会觉得是我的作品产生了效应，而不会像当时那个男表演者一样认为被干扰了。需要声明的是，我并不想破坏任何一位艺术家原有的作品，因此我在发表"Venize双年展"的一系列作品时，把涉及的各个艺术家及作品名称都标注了出来。我只是希望以我的行为与这些作品产生一些有趣的对话，我相信真正的艺术家都希望观众能跟他们的作品对话，而不是像游客一样走马观花。

U&M：您怎么看待所谓的"官方"艺术家与"非官方"艺术家？您觉得两种艺术家之间的界限明显吗？

炭　叹：在这两部作品的介绍里，我用"官方艺术家"这个词只是指被第56届威尼斯双年展真正邀请了的艺术家，以对比我的"游击队"式的创作。实际上，虽然在艺术界没有真正的"官方"与"非官方"之分，但是还是有"段位"不同的艺术家，这就使得有些艺术家能进世界三大双年展，有些却不行。需要思考的问题是这个"段位"是怎么形成的，是哪些人认定的，其实答案跟第二个问题差不多……

王晓新访谈：身体是起点也是终点

采访人：U&M/ 尚季惟

U&M：您曾说过您喜欢太湖石，能谈谈为什么太湖石这么吸引您吗？

王晓新：我喜欢太湖石的多孔结构，但只要是石头，都会吸引我，因为我是石头控。小时候家里人常常播放一首歌，有一句歌词我印象特别深——"精美的石头，会唱歌。"长大了犯的这个"控"就是童年埋下的伏笔。去年（2015年）因为参加梅繁在武汉美术馆策展的DM@CC数字媒体艺术邀请展特意去了一趟苏州园林，当时只有一个念头，就是在展览开幕式上直播我逛园子，赏太湖石。虽然直播没有弄成，但太湖石我还是赏了的。古人真是有意思，景色要透过漏窗看，也要透过太湖石的孔洞看。不像我们，透过玻璃看得这么直白。

U&M：在《太湖石》这部作品中，主人公好像是您的朋友，请问你们是怎么认识的？对于您的这部作品，她是怎么看的？

王晓新：这个女孩是我教过的一个学生，她是天生的艺术家，特别敏感和善于思辨。大概是因为我的教师身份，她总想挑战我，把她的画发给我，和我讨论图像和意义。我对她的印象就是这样。《太湖石》是我送给她的礼物，我想用画面描述我是这么看她的。我没问她怎么看我怎么看她。影像中的"太湖石"，我翻模做了蜡烛送给她。

U&M：关于《太湖舌》这部影像装置作品，听说它起初它被命名为"太湖石"，能聊一聊其中的故事吗？

王晓新：去年（2015年）张辉老师在芬兰赫尔辛基艺术节里面策划了一个"25×25"艺术单元，邀请我去参加。这是一个只有25小时时长的短寿展览，很有意思，大家都不允许睡觉，观众也不睡觉。做英文标签的时候，张辉老师说："TaiHu Stone，why not TaiHu Tongue？"因为我的作品要请观众舔舐石头糖块，过程比结果重要，他看重的是过程，我以前只看到结果。我很同意他的看法，就把作品更名为"太湖舌"，能把糖块舔舐出洞洞的观众就给发一张太湖舌认证证书。

U&M：从2012年开始，您在湖北美术学院的影像媒体课程体系下加设了讨论身体、行为与空间的"身体美学"课程，请问身体在您的艺术创作中拥有怎样的地位？

王晓新：加设"身体美学"这门课程，说实话只是对我留法时期教育的继承而已。我的老师Oscarine Bosquet就是这样教我的，她在美院开设的课程叫作"é tat du corps"（身体状态）。她发德勒兹、乔治·阿甘本、汉娜·阿伦特等作家的书籍给我们阅读，每周三圆桌讨论，进行关于身体的、行动的与空间的讨论。这个老师本身是诗人、作家，所以她邀请了非常多的行为表演艺术家和当代舞者来辅助教学。有两年的时间，每周五的上午在学校附近的剧院都有半天专业的肢体训练课程是选修的。学了一段时间之后，我发现我原来太僵硬了，或者说太僵化了。做作品的时候过度思考，总是想在某种思考模型里抠出个作品来。后来因为经常要动身体，也经常去剧场看表演者动，体会到动因。就像Pina Bausch说过的，"我不在乎人们如何动，我在乎人们为何动"。"身体"在我的创作中有一个平衡的作用，动身体和动脑筋得平衡，我觉得王阳明先生的"知行合一"说的也是这个道理，所以我就教学生用身体思考。我希望发射出去的审视世界的目光，在环视一圈以后总能回到自身。所以身体既是起点也是终点。

U&M：无论是"借光"系列还是《涂来涂去》声音装置都体现出您在艺术创作介质选取上的多样性，请问是什么样的经历使您多方涉猎？您在法国的学习经历对这有影响吗？

王晓新：谢谢你觉得我很多样性。我其实检讨过自己在一条路上走得不够坚定，没办法只使用一种材料语言。这跟我的学习经历没有关系，跟我个人的性格和现在接收的信息丰富性有关系。

U&M：对于当今对影像感兴趣的学生，在挖掘自身创作潜能上，您有什么建议给他们？

王晓新：挖掘自身创作潜能，首先得明确自己要挖什么。怎么明确自己？就是要试错。多试错，不撞南墙心不死。

小洲動態影像計劃第十二回
影觀武漢之
武漢青年藝術家群展
「光·影」

策展人：肖堯 尚季惟 邱壽
學術支持：袁曉舫 李巨川
項目策劃：胡震 楊帆
設計執行：邱壽

2016.06.19—2016.06.25
週一至週五 14:00—18:00
週六 週日 11:00—18:00
廣州市海珠區小洲人民禮堂 你我空間

參展作品：
《媽媽的顏色》（2014）王曉新
《捕風捉影》（2015）路昌步
《捕風捉影·速寫》（2015）路昌步
《風景》（2011）路昌步
《面孔》（2010）王靜偉
《碎片》（2006至今）CPTI（蔡鵬+園園）

主辦：   特別鳴謝：33當代藝術中心

武汉青年艺术家群展——光·影

艺术家：CPTT/ 蔡 鹏 + 陶 陶、路昌步、汤孟元、王静伟、王晓新
展期：2016/06/19—06/25
地点：小洲人民礼堂

CPTT/ 蔡鹏 + 陶陶

碎片 /2006 年至今 / 单频录像 / 彩色 /7′ 06″

景观一旦被生产出来就必然会被观看，而这种被观看的结果又影响到新一轮的景观生产。

路昌步

捕风捉影 /2015/ 单频录像 / 彩色 /10′ 40″

"捕风捉影"本是贬义的成语，在此作品中，它呈现的是褒义。它形象地表达了影像艺术工作的正面性质，真与假，虚与实，交织缠绕扎成密实的团，通过"捕捉"的动作来获得"求物之妙"的化境。

捕风捉影·速写 /2015/ 单频录像 / 彩色 /14′ 18″

汤孟元

1984年生，2007年毕业于湖北美术学院影像媒体专业，获学士学位。2010年毕业于湖北美术学院新媒体艺术研究专业，获硕士学位。2010年至今任教于湖北大学艺术学院。现居武汉。

风景 /2011/ 单频录像 / 彩色 /3′

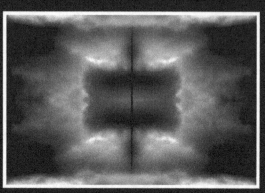

Environ Us
影像 / 灯箱

一个著名的风景区有山有水，引来无数游客前来游玩，每天爆满的人群也成为一道风景。

王静伟

2002年就读中央美术学院，2010年硕士毕业于中央美术学院，2011年至今任教于湖北美术学院动画学院。现工作、生活于北京、武汉。

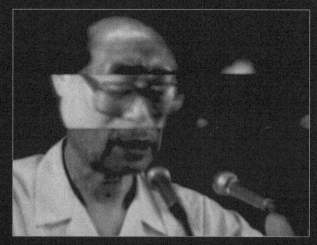

面孔 /2010/ 单频录像 / 彩色 /2′ 06″

上小学的时候老师会要求我们每天看《新闻联播》并

汤孟元访谈：媒介和形式不应成为创作的限制

采访人：U&M/ 张绍洋

U&M：据我所知，您毕业于湖北美术学院，您是武汉人吗？您对武汉有什么特殊的情结？

汤孟元：我出生于武汉，家住在黄鹤楼脚下。从上幼儿园起，我每天都会经过辛亥革命武昌起义纪念馆，看到孙中山先生的铜像，可以说，武汉这座城市伴随了我的成长，我见证了这座城市的发展和变迁，自然对武汉有着深厚的情结。

U&M：结合您在武汉的生活经验，您觉得武汉有什么社会背景和文化氛围有别于其他城市？这种区别对您的创作有什么影响？

汤孟元：不同地域的社会背景和文化氛围都有自己的特点，但作为个体，事实上很难察觉社会文化对自身的影响。这种影响会深入日常生活中，也潜藏于个人创作中。

U&M：您的很多作品都是采用装置和影像相结合的创作方式，您是如何融合两种相对独立的表现方式的？而这种创作的优势在哪？

汤孟元：我在创作中不会受到媒介和形式的限制，而是根据创作的内容选择合适的媒介，但也许在媒介的使用和选择上会出现一些惯性。比如影像与装置的结合，一方面是因为某些作品互动性的需要，另一方面是希望装置成为影像的一种延伸，使影像与展览空间发生关系。

U&M：您之前告诉我您准备在此次展览中展出新的作品，能介绍一下您的作品吗？您是为了广州的这次展览而创作的还是单纯的个人创作？

汤孟元：此次新作品是想探讨生活与消费之间的关系。通常是商业借助传播对人们的消费产生影响，人作为个体在这个过程中一直处于被动的状态。而在新作品中，我尝试用生活来调侃商业，让其碎片化地呈现在大众的视线中，并强调主观能动性多一些。既是为此次展览进行的创作，也是单纯的个人创作。

U&M：您认为全媒体式的当代艺术创作方式有什么优势和劣势？如何更好地发挥其优势？劣势产生的原因是什么？

汤孟元：我并不关心全媒体的概念及意义。

U&M：在这次展览中，您希望观众从您的作品中得到哪些信息？

汤孟元：希望他们觉得我的作品很酷。

王静伟访谈：影像，我倾向于做"减法"

采访人：U&M/ 成 川

U&M：据我所知，您不是武汉本地人，并且是在北京完成的本科与硕士学业。那么我很想知道，武汉在您心中处于一个怎样的位置？您是仅仅把它当作一个工作地点来看待呢，还是说有着什么其他的感情？武汉对您的创作产生了什么影响？

王静伟：我大学是在北京度过的，美术学院的学生怀揣艺术梦想是理所应当的，而毕业最初是在北京的一家传媒公司工作，给电视台制作栏目，在公司显然不能实现我的艺术抱负，而这时刚好湖北美术学院招聘老师，又是我所学的专业，所以不能说武汉只是一个工作场所，它是我实现艺术梦想的一个地方。这里离我的家乡有1000多公里，地域上的不同使我保持着好奇，给我带来了很大的新鲜感。

U&M：在本科与硕士期间，您专攻的都是影像相关的专业，目前您也依旧作为一名影像艺术家而活跃着，对您来说，影像这一种媒介与其他艺术形式相比有什么特别的地方？而这种特别的地方是不是您作品最注重的要素呢？如果不是，能否谈谈您在影像作品的创作中最注重的要素是什么？

王静伟：影像是一种综合媒介，融合了图像、声音、时间等，可以做加法，也可以做减法。从传播角度看，影像相对于绘画、雕塑等传统媒介来说更加方便一些。但相对于艺术展览来说，影像却有所不同，它对于展览的空间环境、观者观看的方式、时间都有特殊的要求。在条件有限的情况下增加作品的复杂性，反而不利于表达，所以近期我更倾向于做减法。

U&M：在《面孔》这部作品中，您将过去不同的面孔与不同时空场景进行交错与穿插处理，而这种对于过去意象的表达似乎在之前的作品《记忆的容器》中也出现过，"过去"这一意象对您来说有着怎样的意义？《面孔》又是带着怎样的想法完成的？

王静伟：中国人非常容易忽视过去，常常觉得过去的事就不用再提了，但很显然，你在意的事情是挥之不去的。我作品中出现的"过去"就是我挥之不去的东西。上小学的时候老师会要求我们每天看《新闻联播》并做笔记，所以那里边的影像声音给我留下了很深的印记。

U&M：对于艺术创作的题材选择，相信不同的人会有不同的基准。您在影像创作的题材选择上有什么独特的偏好吗？您平常是以什么基准来确定创作的题材的？

王静伟：我平时很喜欢拍一些东西，其中一部分会整理成素材保留，也很喜欢使用现成的影像。有空会构思一些作品，但不一定会实施，除非作品通过影像本身就能说明问题，不需要我再做解释。

U&M：在您看来，影像作品在展示（如场所、形式等）上有什么特别需要注意的地方吗？展示的场所有美术馆、博物馆以及各种类型的艺术空间等，您觉得展示的场所与影像之间会产生一种怎样的互动？

王静伟：我之前也提到影像应是便于传播的一种媒介，但是在展览中却相对复杂。技术的进步以及艺术家和展览方双方的沟通协调能简化这一问题，使最终的展览达到类似定制的效果（定制的空间或者定制作品）。

第十二回：影观武汉——武汉影像艺术家群展

开幕式嘉宾及部分参展艺术家合影

【雅昌快讯】武汉影像艺术的经验——"影观武汉：武汉影像艺术家群展"在武汉K11艺术村开幕

2016/07/10 雅昌艺术网专稿
责任编辑 / 洪　镁

  2016年7月9日下午3时，"影观武汉：武汉影像艺术家群展"在武汉K11艺术村开幕，策展人胡震、杨帆，学术主持袁晓舫、李巨川，策展执行人肖尧、尚季惟、邱涛在这里聚集自20世纪八九十年代至今不同代际的23位武汉影像艺术家，以群体主题展的方式"重现武汉影像创作的发展历程，展现武汉影像艺术家独特的创作方式和社会语境"。

  2016年4月17日至6月18日，在广州你我空间举办的展览中，"影观武汉：武汉影像艺术家群展"以5个个展和4个主题联展的方式对武汉影像艺术的现状进行了梳理。除了"李巨川：行为、录像与电影的综合实验""李珞：亦实亦影——以电影反观现实""李文：另类人群的生活记录""刘波+李郁：身临其'镜'——新闻影像中的在场性"和"袁晓舫：从架上绘画到影像"5个个案研究之外，由"武汉·城市""现代化的呐喊""关系·联系"和"光·影"4个主题联展组成了"武汉青年影像创作群展"。"武汉·城市"专题集中展现了艺术家对于武汉、对于城市的观察与思考，从作品中可以看到艺术家眼中的城市，感受到武汉特有的气息。"现代化的呐喊"中强调了在城市化过程中城市与信仰的关系。"关系·联系"这一主题展现了人与人、人与物、人与社会之间微妙的联系，同样也是对城市和生活的思考。"光·影"力求展现艺术家对于光影的捕捉，作为武汉艺术家独特的创作主题，他们似乎更加热衷于表现真实却又虚无的光与影。同时，光影与摄像本身有着密不可分的关系。

  而此次在武汉K11艺术村展出的23部作品，据本次展览总策展人之一的胡震介绍："尽管这次展览并未按照时间节点的顺序进行呈现，但是通过展览主体我们仍然能够比较清晰地抓住武汉影像艺术历史的发展线索。""在大量的作品样本中，我们能够清晰地看到中国当代影

研讨会现场（左起：张海涛、曹　恺、胡　震、杨　帆、冀少峰）

像艺术的局限和无限。对比国际、国内优秀的影像艺术作品，无论是较早介入影像创作的艺术家，还是活跃在当下的青年影像艺术家；无论是从影像创作的观念，还是从艺术家们在影像语言的选择和运用以及实际呈现的效果，都能够清晰地看到武汉在国际影像艺术中的格局。"

而在影像艺术语言上，胡震也提出，关注现实、具有强烈的批判精神是武汉影像艺术的精神内核，"相比国际、国内的优秀艺术家，我更关注武汉影像艺术家群体在影像艺术语言上的创造性，年轻一代艺术家的不同探索，如李巨川早期的实验录像、袁晓舫在录像艺术上的处理方式、李珞的艺术电影语言，为这次展览、为我们研究武汉影像艺术语言的创造性提供了丰富的范本"。

"影观武汉，不仅仅是为了观察武汉特有的地域特征，更在于通过影像作品去观看艺术家特有的创作与表达方式。通过对早期影像创作的回顾和当下影像创作多元化的展示，力求对武汉地区影像艺术的发展历程进行较为全面的呈现"，参与了本次展览策划的策展执行人肖尧、尚季惟、邱涛也希望以此次展览为从最初的"记录"到当下主流艺术形式的影像艺术在武汉的发展记录下历史的线索和时代的背景。

在展览现场，23位艺术家提供了丰富的影像艺术样本，从作品媒介的选择上看，其中不仅有对行为艺术观念的记录，也有对日常事物的记录，影像艺术媒介的扩展，与新媒体、动画等方面的结合也给了观众对影像艺术更多维度的理解。"国内影像艺术家已经走得很快，但是影像艺术的展览仍然处于失语状态，影像艺术的相关研究也尚留多处空白"，"如何为影像艺术的发展提供一个正常、健康的生态"则是湖北美术馆副馆长冀少峰关注的话题。

据悉，本次展览自2016年7月9日展至7月31日。

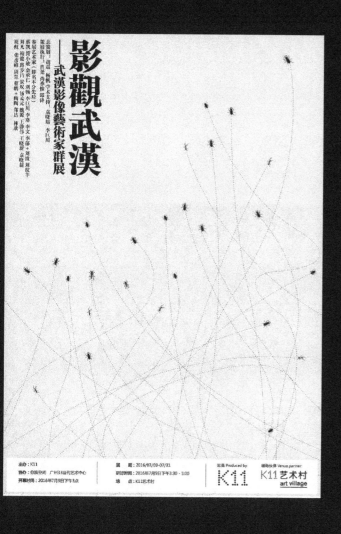

尾声：影观武汉 @ K11 艺术村·武汉

影观武汉——武汉影像艺术家群展

艺术家： 蔡凯　蔡鹏　简小敏　金承仁　李巨川
李珞　李文　李郁　刘波　刘畅
刘凡　刘纹羊　林欣　路昌步　梅健
汤孟元　炭叹　陶陶　王静伟　王晓新
魏源　袁晓舫　郑达　周罡　祝虹
张彦峰

总策划： 胡震　杨帆
学生主持： 袁晓舫　李巨川
策展执行： 肖尧　尚季惟　邱涛

主　办： K11
协　办： 你我空间
　　　　　33当代艺术中心
开幕式： 2016/07/09 15：00
研讨会： 2016/07/09 15：30—17：00
嘉　宾： 曹恺　张海涛　冀少峰　魏光庆　肖峰
展　期： 2016/07/09—07/31
地　点： 武汉·K11艺术村

展览现场

会议记录 NO:

会议名称：
时间：2015.6.28　　地点：小洲礼堂
主持单位：　　　　　主持人：
参加人员：张乘晴

内容：
小洲艺术区给我带来的惊喜很大，文化氛围很浓厚，望继续坚持，争取成为当地最有名气的艺术和新时代文化结合的基地。

关注别人，反思自己，微电影值得关注，它也可以很有思想，看似别人，实际上都是自己的问题。反思问题的，是真的好东西。

附录1：观众留言簿/摘录

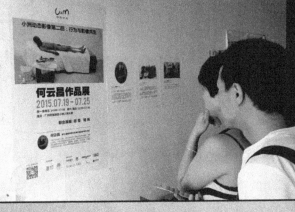

能给予心灵上的撼动。
不管他的行为不是影像带来的。
能激发人们感觉的不舒服也算一种。

会议记录 NO:

会议名称：
时间：2015.8.9　　地点：小洲礼堂
主持单位：　　　　主持人：
参加人员：

内容：
看了"洗手间"展览，很多时候她们内心也是纯真的，又或许生活所迫，总之我觉得不应该用批评的眼光去看待这样一群人。
"神作"给我的感觉是，很想要冲破内心那种束缚单，但又无止境地存在着一种陷于迷茫的状态，看了很不好受，有些内心什么感觉一下涌现。
不知道他的感觉，或许他自身做出来的艺术感觉是否有些恐惧，但支持这样的行为艺术。
希望更多人能够用自己的心去感受。

作为艺术，很多人都无法看懂，
大概，我们需要一双艺术的眼睛，
听说，眼睛是智慧的窗口。
我是一名艺术生，对于艺术，我还只是一个小学生。

挣扎，摆脱束缚，获得新生。

寻找我们能够

放下过去，

迎接明天。

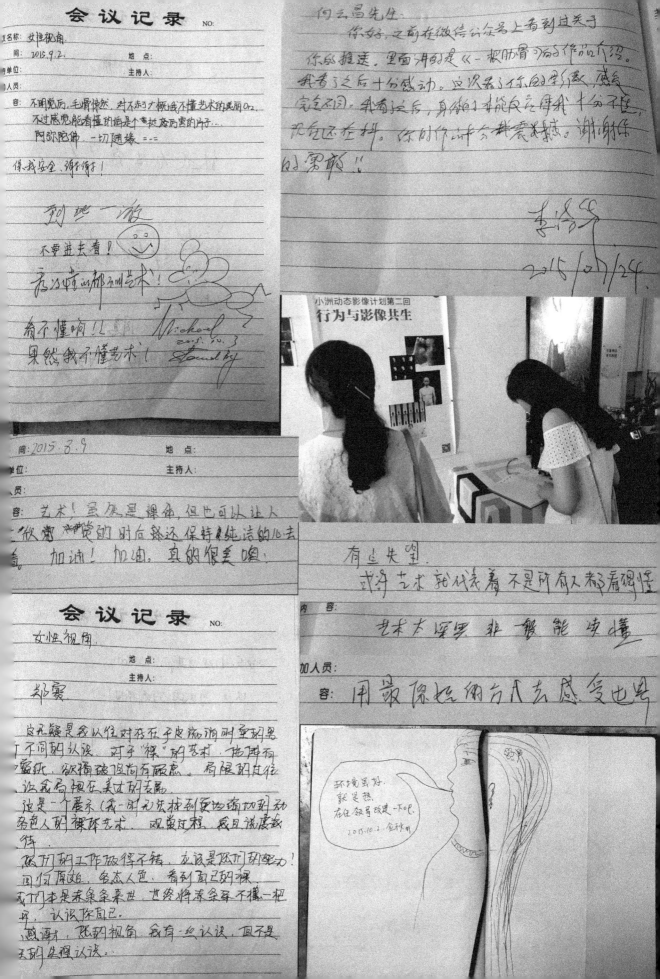

附录2：小洲动态影像计划数据统计
（2015/06/20—2016/06/25）

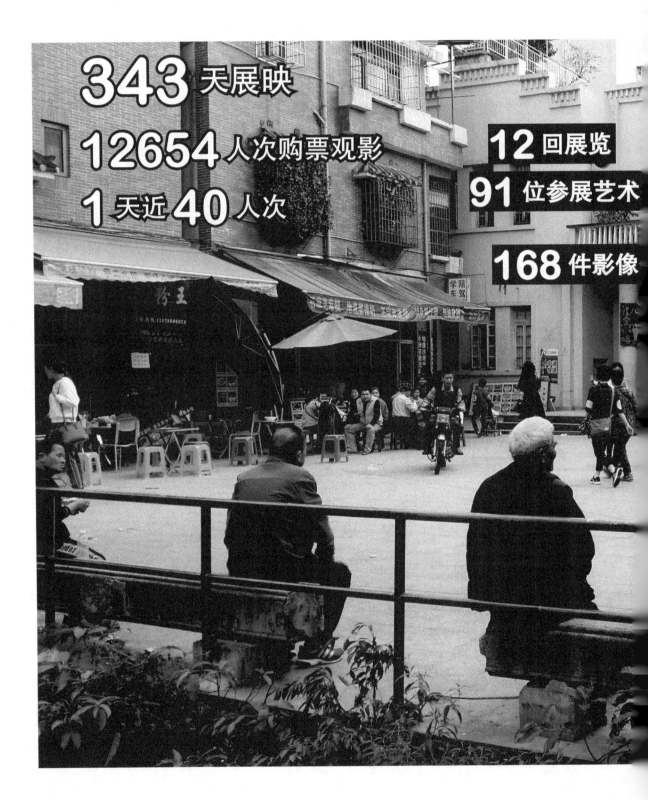

343 天展映

12654 人次购票观影

1 天近 40 人次

12 回展览

91 位参展艺术

168 件影像

附录2：小洲动态影像计划数据统计（2015/06/20—2016/06/25）

附录3：致谢

感谢 所有参与"小洲动态影像计划"的艺术家、策展人和项目助理！

感谢 所有关注与支持你我空间的机构和媒体朋友！

感谢 所有来访小洲人民礼堂的观众朋友！

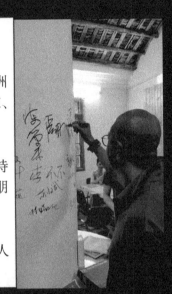